Improvisos

CIP-BRASIL. CATALOGAÇÃO NA PUBLICAÇÃO
SINDICATO NACIONAL DOS EDITORES DE LIVROS, RJ

B835i   Braun, Jayme Caetano
           Improvisos / Jayme Caetano Braun. – 1. ed. – Porto Alegre [RS] : AGE, 2024.
           144 p. ; 14x21 cm.

           ISBN 978-65-5863-334-1
           ISBN E-BOOK 978-65-5863-332-7

           1. Poesia brasileira. I. Título.

           24-94231   CDD: 869.1
                                       CDU: 82-1(81)

Gabriela Faray Ferreira Lopes – Bibliotecária – CRB-7/6643

JAYME CAETANO BRAUN
Improvisos

PORTO ALEGRE, 2024

© Jayme Caetano Braun, 2024

Capa:
Nathalia Real

Diagramação:
Júlia Seixas

Editoração eletrônica:
Ledur Serviços Editoriais Ltda.

Organização dos originais:
Aurora Braun e Markês Bianchi

Editor:
Pedro Manoel Osório

Supervisão editorial:
Paulo Flávio Ledur

Reservados todos os direitos de publicação à
EDITORA AGE
editoraage@editoraage.com.br
Rua Valparaíso, 285 – Bairro Jardim Botânico
90690-300 – Porto Alegre, RS, Brasil
Fone: (51) 3223-9385 | Whats: (51) 99151-0311
vendas@editoraage.com.br
www.editoraage.com.br

Impresso no Brasil / Printed in Brazil

APRESENTAÇÃO
Memórias de antanho

Vim ao mundo num rincão dos Olhos d'Água, zona rural da fronteiriça Bagé. Na condição de guri da campanha, fui alfabetizado na Escola Rural da Encruzilhada, para a qual me deslocava "de a cavalo", igual à maioria dos colegas naqueles tempos idos.

Nesse período do curso primário, dois livros ficaram guardados em minha memória: *Estrada Iluminada* e *Admissão ao Ginásio*. Já sabendo ler, aos meus doze anos de idade, conheci o terceiro livro que despertou-me um profundo apreço pela poesia crioula, que nos identifica como povo genuíno desses largos campos do sul. Tratava-se do *De Fogão em Fogão*, do luminar poeta missioneiro Jayme Caetano Braun, que se tornaria uma destacada e marcante relíquia, por toda a minha trajetória vital, por haver encontrado nele o meu mundo de guri rural, os elementos formadores da minha paisagem, o meu universo, a fisionomia crioula, alma e coração dos meus iguais e a mim mesmo.

Tudo isso com uma veracidade, uma riqueza no linguajar campeiro e sábio do Jayme que conquistou o meu encantamento, assim como as demais valorosas obras daquele ilustre autor. Nos anos iniciais da década de 70, residi em Porto Alegre, frequentando um curso de Epidemiologia Humana em Saúde Pública.

Em 1972, tive a imensa honra de conhecer Jayme Caetano Braun no 35 CTG, oportunidade na qual, por primeira vez, assisti ao inolvidável payador na frente de meus olhos improvisando preciosidades do universo gauchesco com singular sabedoria, rápido raciocínio, emoção e postura impactantes.

Ali estava um autêntico gaúcho e o mais expressivo vate oriundo dos galpões missioneiros. E, naquele momento, começaria a nascer, entre nós, uma fraterna amizade que duraria por toda a vida. A partir daquela histórica noite, comecei a conhecer melhor a obra, o artista e a pessoa de Jayme Caetano Braun, o Chimango. Durante todo o tempo, acompanhei diariamente os ensaios dos Teatinos na residência do irmão Glênio Fagundes, na Barros Cassal, 541, enquanto preparavam o repertório para a gravação do LP *Telurismo I*, onde mateávamos todas as tardinhas com a agradável presença do Chimango.

Em 1973, começaria na conceituada Rádio Guaíba o programa Brasil Grande do Sul, sob o comando do competente jornalista Flávio Alcaraz Gomes, que alcançou grande expressão no cenário radiofônico do sul do Brasil, indo ao ar todos os sábados. O célebre payador transcendia, realizando os seus improvisos com incomparável talento e desenvoltura no encerramento de cada programa.

Graças à sua esplêndida erudição, abordava em suas payadas os mais diversificados assuntos do nosso estado, do país e do mundo sem cometer nenhum *tropeço*. Eu, que já era grande admirador do payador, ao ouvir o primeiro Brasil Grande do Sul, de retorno em Bagé, estava munido de um gravador com nova fita-cassete e realizei a gravação pelo som de um rádio Philco Ford que havia numa Belina I do meu saudoso pai.

Como gostei da qualidade da gravação, persisti naquela faina até a extinção do programa. De posse daquele grande número de fitas, tomei a iniciativa de transcrever de forma manuscrita para o papel; logo depois, veio a necessidade de datilografar, tarefa que foi realizada pelo amigo Eliezer Souza e mandado encadernar em dois volumes, dos quais um foi entregue ao preclaro Jayme em Dom Pedrito, no ano de 1988.

Recebi a dádiva de haver convivido muito com essa destacada figura da arte e da cultura pampeana, para a qual contribuiu de maneira muito qualificada e significativa. Tanto que até hoje continua viva a memória do saudoso troveiro cerne de *ñanduvay* pelos galpões das três pátrias sobre as quais cantou por toda a sua vida com exaltação.

Decorridos 49 anos das primeiras gravações que fiz, me sinto imensamente lisonjeado por esta oportunidade de relatar, aos respeitáveis leitores do "Cantor da Timbaúva", neste *Improvisos*, esta quarteada que, voluntariamente, realizei em meio à proficiente caminhada do nosso ilustre teatino.

Uma obra de imenso impacto e marcante na literatura do Rio Grande do Sul, porque, além da qualidade extraordinária dos versos e o conteúdo que possuem, tem um grande, imenso diferencial: são coisas feitas de improviso. E isso traduz uma grandiosidade impressionante.

Onde houver um galpão, um pealo de todo o laço, uma castração de potros, um jogo de osso, uma tropeada longa, uma esquila, uma marcação, um aparte num rodeio a campo fora, certamente aí estará, espiritualmente, o bardo Jayme levitando entre as brisas celestes. Com aromas de campos florescidos na sua estampa xucra de um charrua boleador ou brilhando intensamente qual um luzeiro na constelação das celebridades.

Eron Vaz Mattos
Parador – Bagé
Crescente – Agosto de 2024

PREFÁCIO
Jayme Caetano não é lenda...
Eu conheci este poeta!

Nos livros da história poético-literária gaúcha, Jayme Caetano Braun é uma escrita que tem o nome eterno, forte e definitivo. A sua poesia, rica de sentimentos e conhecimentos de campo, que brota do chão da pampa e reverbera nas entranhas do coração gaúcho, não é apenas um canto; é um manifesto, um legado.

Hoje, somos presenteados com uma obra inédita deste mestre pampeano das palavras, uma oportunidade única de reencontrar a alma poética do nosso regionalismo. É impossível para mim, que me reconheci poeta nas suas palavras e aprendi a escrever o pago bebendo dessa fonte, não sentir o peito transbordar de emoção ao ver mais uma joia perdida da sua lavra. Jayme não apenas me influenciou, mas moldou a poesia e a identidade poética do meu tempo. Cada verso seu é um toque de clarim que convoca o sentimento gaúcho a se manifestar, a resistir e a celebrar.

As décimas deste *Improvisos* carregam a essência primordial da poesia terrunha de Jayme Caetano Braun, o caminho escrito por onde ele mais andou. Refinadas ou noticiosas por suas intenções, elas levam a cadência do verso ao lugar de onde surdiram, a cena pintada pela mente vertedora do poeta. Lendo os versos, escuto a voz rouca e sonora do payador missioneiro dizendo cada um deles. Uma viagem no tempo do verso, um resgate da memória antiga dos que tiveram, assim como eu, o prazer de conhecer este mestre. E assim como ele cantou em seus versos sobre Juca Ruivo, eu o parafraseio e ajusto para mim sua escrita:

– Jayme Caetano não é lenda… eu conheci este poeta! O regionalismo gaúcho da minha geração deve muito à sua voz firme e à sua capacidade de transformar o cotidiano do campo em arte pura. Ao abrir as páginas deste livro, o leitor não apenas lê; ele sente, respira e vive o que Jayme nos entrega. É através dele que eu e tantos outros encontramos nossa própria voz, nosso caminho nas letras. E é com profundo sentimento de gratidão que hoje escrevo simples palavras nesta obra, sabendo que ela continua a trilha aberta por Jayme, uma trilha que seguiremos com reverência e orgulho.

Que este livro inédito seja mais uma bandeira a tremular no coração de cada gaúcho, uma prova de que a poesia de Jayme Caetano Braun é, e sempre será, a espinha dorsal da nossa literatura regional, a inspiração que dá tinta às canetas dos poetas de hoje e de amanhã.

Gujo Teixeira
Poeta
Lavras do Sul
Agosto de 2024

Nota do autor

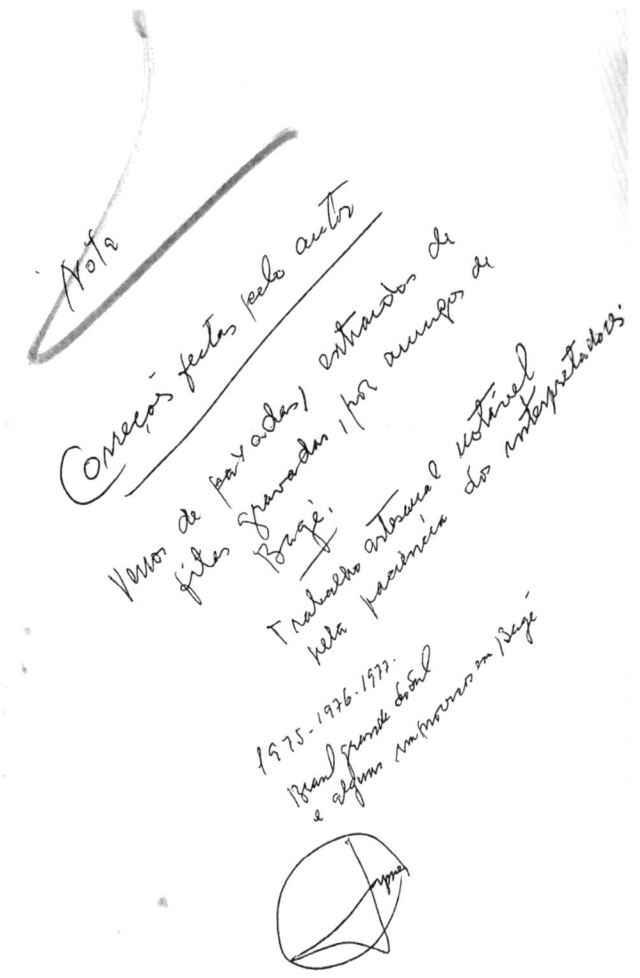

Correções feitas pelo autor
Versos de payadas, extraídas de fitas gravadas por amigos de Bagé.
Trabalho artesanal notável pela paciência dos interpretadores.
1975-1976-1977
Brasil Grande do Sul e alguns improvisos em Bagé.

Jayme Caetano Braun

Sumário

Improviso ...15

Final de ano ...20

Guitarra, causo e poesia ...26

Erico Verissimo ...29

Natal ...34

Versos bravios ...38

Divagação ...41

Dia de Reis ...44

Notícias ...49

Telefonema ...55

Carnaval ...57

Novidades ...60

Amanhã é Páscoa ...63

Vargas Neto ...68

Ruídos matinais ...71

Dia do Trabalhador ...76

Dia das Mães ...80

Galponeando ...83

Guitarra ...86

Dromedário 90

Buenos dias 94

Aniversário do amigo Odilon 96

Alvorada de outubro 99

Dois argentinos e dois missioneiros 102

Bagé 104

Bagé II 108

Manancial 113

Pátrios ensinamentos 118

Desassossego do gaúcho 121

Payador dos fogões 126

Outro sábado 132

Resenha da semana 138

Negro da Gaita 141

Término 144

Improviso

Buenos dias e me chego
De novo na sabatina
Neste fogão que ilumina
Este bárbaro aconchego
Sobre um carnal de pelego
Que o tempo tá muito quente
Mas cantando reverente
Apesar deste verão
Que o quente do chimarrão
Refrigera a alma da gente.

Eu já critiquei aqui
Com dois abaixo de zero
Mas hoje falo sincero
O Rio Grande é um patropi
Ontem quase derreti,
Nunca vi tanto calor
E pobre do payador
Flávio, bebia e bebia
Mas porém não conseguia
Nunca encher o radiador.

Preciso ventiladores
E a Eberle deve ter
Se não tem manda fazer
Porque tem oficiadores
Que a alma dos payadores
Sempre precisa uma aragem
E eu não digo por bobagem
Se esse calor continuar
Eu acho que vou botar
Meu corpo num Volkswagen.

E isso não é comercial
Que eu vou fazendo do fuca
Porque esta terra maluca
Neste calor infernal
Esse mundo universal
Parece que se incendeia
Mundo velho sem maneia
Eu acho que assim se acaba
Paixão velho, a coisa é braba,
O mundo velho esperneia.

Esse mundo é Melopeia
Porque o homem se desmanda,
Polo a polo, banda a banda
Ninguém acerta uma ideia
Do Bom Fim até a Eritreia
Do Canadá à Palestina
Desde o Rio Grande até a China
Tudo é uma só convulsão
Desde a Europa até o Japão
Desde a França até a Argentina.

E a situação portuguesa
Sempre a mesma continua
O povo vive na rua
Dentro daquela incerteza
Mas a última é uma beleza
Que a gente chega a tremer
Que a gente chega a temer
Em loucura com receio
Pois vão fazer um sorteio
Ver a quem toca o poder.

Mas e o Doutor Guilhermino.
Mas e o Doutor Riopardense,
E a cultura riograndense
E diante dela me inclino
São os dois homens de tino
Que já deram a opinião
Sobre a tal devolução
Chegaram enfim a um fim
O primeiro diz que sim
E o outro disse que não.

Mas a túnica e a espada de ouro
Que estão em nosso poder
O Brasil vai devolver
É uma questão de decoro
Pois pra eles é um tesouro
E o não tê-los isso dói
É uma coisa que corrói
Porque el Mariscal Solano
Se pra nós foi um tirano
Para eles é um herói.

E quanto à questão da espada
É um troféu seja o que for
Discordo do professor
Isso não é patriotada
E sobre a carta falada
E sobre a tal carta lida
A tal carta apreendida
Não deve nem ser queimada
Não deve nem ser falada
Devia ser destruída.

Mas e o repórter da China
O seu livro publicado
Com sucesso assegurado
Porque é algo que ilumina
É algo que se termina
Pela amplitude, a lonjura
Pela amplidão da cultura
Que ao Rio Grande se coaduna
É um compêndio de comuna.
Compêndio de acupuntura.

Acupuntura é uma espada
Tu imagina, Paixão
Te cravarem no garrão
Uma agulha envenenada
Deve ser uma dentada
Que o payador não estranha
Mas aqui nesta campanha
Pra nós nada se compara
Com uma felpa de taquara
E uma garrafa de canha.

Mas, Flávio, o livro é sucesso
Isso eu sei todos sabemos
Porque nós todos que lemos
E que cremos no progresso
Não cremos em retrocesso
E vamos lendo despacito
E eu que me criei solito
Nesse campeiro viver
Flávio, eu queria aprender
Era a comer com palito.

Eu me vou até Xangai
Mas eu me vou lá pra China
Aquela terra divina
Lá onde o pensamento vai
Essa terra que me atrai
Onde tu achaste vau
Eu queria que o velho Mao
De túnica acinzentada
Escutasse uma payada
Do Jayme Caetano Braun.

Mas, Flávio, o mundo lá fora
Vai indo e se devorando
O mundo se terminando
E o mundo se entredevora
E o mundo que se apavora
De uma maneira infeliz
E aqui no nosso país
Chegaram enfim a um fim
Para dizer que o Erechim
Vai ser escrito com X.

Isso é uma barbaridade
Eu acho que é uma loucura
Se o mundo todo procura
Paz, constância e liberdade
Tem paciência de verdade
Que o payador chega lá
E a Eberle S.A.
Flávio e o Paixão domina
Deixem o nome de China
Escrito com CH.

Final de ano

Pois não existe outra vez
Todo mundo sabe disso
Nem milagre, nem feitiço
Que a vida não tem indez
E o próprio Deus que nos fez
À imagem e semelhança
Nos permitiu nesta andança
Que a gente viva aprendendo
Que a gente viva dizendo
No fundo eu sou uma criança.

Não criança nas ações,
Criança nos pensamentos,
Criança nos sentimentos
Isso sim nas emoções
Criança nas orações
Que nem precisa aprender
Mesmo o que pensa não crer
Nessas andanças do mundo
No fundo, bem lá no fundo
Vai rezando sem querer.

E reza quando amanhece
E reza quando mateia
Pois muito embora não creia
Flávio, matear é uma prece
E reza quando escurece
E a imensidão se encarvoa
E o gado manso encordoa
Direto ao pouso ao tranquito
E o céu azul infinito
Vem se lavar na lagoa.

Meus irmãos, Feliz Natal
Depois que o Natal passou
Como sempre aqui estou
Nesta charla semanal
Na charla sabatinal
Com chimarrão e com rima
Um ano que se aproxima
E outro que se retira
Um que nasce, outro que inspira
Um vai, outro vem chegando
E a gente segue mateando
Nos cernes de guajuvira.

E a noite do Nazareno
O mestre da humanidade
Esse rei da cristandade
Tão imenso, tão sereno
Que grande quis ser pequeno
Pra engrandecer a criança
Ele a luz, ele a esperança
Ele o Divino, o profundo
Ele o maior deste mundo
Que se vê, mas não se alcança.

Passei o Natal na Estância
Lá no meu velho Viamão
Sob a quincha de um galpão
Pra recordar minha infância
E ao me largar na distância
Quis ser de novo piazinho
Voltar ao antigo ninho
No rincão onde eu fui piá
Mas essa estrada não há
Eu me perdi no caminho.

Às vezes o mais incréu
É aquele que reza mais
Pois sabe até as iniciais
Dos quatro cantos do céu
E se perde num mundéu
Da própria tendência crua
Bebendo tragos de lua
Nas sangas de pedregulho
Ou se afunda de mergulho
Nos olhos de uma xirua.

Eu também rezo em meu verso
Amigo Flávio Alcaraz
Nas implicações que traz
Um verso é o próprio universo
E esse verso que eu converso
São sobras dos meus rodeios
Já não penduro os arreios
Flávio, no torno dos ranchos
No coração tenho ganchos
Pra pendurar meus anseios.

Por isso é que a cada ano
Ao invés de envelhecer
Eu me sinto renascer
Vou ficando mais vaqueano
E fico mais haragano
Mas nunca paro essa andança
No rastro de uma esperança
Que norteia este xiru
Sou que nem touro zebu
Se acostuma e não se amansa.

Os caminhos são distintos
Mas a meta é sempre igual
O homem pobre mortal
Guarda nos próprios instintos
A um montão de labirintos
Que desnorteia os vaqueanos
E os payadores pampeanos
Curtindo dos quatro ventos
Eu rastreio pensamentos
Que extraviei faz muitos anos.

Mas, Flávio, lá em Caxias
Aquela noite lindaça
Aquela noite buenaça
De encantos e de harmonias
De belezas e poesias
Até uma noite cirúrgica
A Eberle metalúrgica
Nos transplanta o coração
Aliás era uma oração
Foi uma noite litúrgica.

O Américo e o Cezar Verde
O Aurélio das finanças
Que horas lindas e mansas
E aqui o payador se perde
Parente do velho Verdi
Aquele compositor
Aquele mestre senhor
Das lendárias partituras
Sangue que veio às planuras
Do nosso Rio Grande em flor.

Nós, o Streck e as senhoras
E o cantor Guarani
Que hoje estamos aqui
Passamos lindaças horas
Que saíram noite afora
Nas planuras descobertas
E lá estávamos alertas
Ficamos impressionados
Os motores são fechados
Mas as almas são abertas.

Há uma crítica que eu faço
E faço neste momento
Com alma e com sentimento
E dentro do seu próprio espaço
Vai com ele um abraço
Aos mestres do ouro e da prata
Do cantor que se arrebata
Da Eberle que compreende
Mas que porém não aprende
Que carinho também mata.

E a Califórnia da Canção
Igual ao ano passado
Teve um poeta iluminado
Já vencedor de antemão
A grande consagração
Da beleza, do estilo
Pois foi um final tranquilo
Do Rio Grande campo em flor
Do misto terra e cantor
O grande Aparício Rillo.

É o velho solo campeiro
Flávio, que ali se retrata
É a poesia que arrebata
Nesse cantor missioneiro
Cantor do verso tropeiro
Que transcende, que congrassa
O raio, a cambota, a graxa
Das legendárias carretas
Que gravaram operetas
Das orquestrações da raça.

Mas em serviço eu não brinco
A Eberle também não brinca
E o Flávio completa a trinca
Conversando com afinco
Saudades setenta e cinco
Seguiste a maior das leis
Porque se somem os reis
E se some a vida inteira
E eu deixo aberta a porteira
Pra o ano setenta e seis.

Guitarra, causo e poesia

Bom dia, irmão citadino
Ou do campo ou da colônia
Na velha sem-cerimônia
Do payador campesino
Meu irmão do campo fino
Meu irmão do campo grosso
No meio deste alvoroço,
Guitarra, causo e poesia,
Uma cambona que chia
E um cusco quebrando um osso.

Cada sábado é diverso
Do sábado que passou
Porque o ponteiro girou
E ele manda no universo
Mas na síntese do verso
Traz a seiva da raiz
Pra conservar o matiz
Da nossa charla de estância
Que sempre tem substância
Mesmo no que não se diz.

Quem picha de espalhafato
Em nosso gaúcho, mente
Que é a marca da nossa gente
A sisudez e o recato
E algo que já nasce inato
Mesmo no menos sisudo
Com estudo ou sem estudo
Se lê, escreve ou não lê
Gastar saliva pra que
Se um simples gesto diz tudo.

E quem fala é autoridade
Meus ouvintes podem crer
Sabe que ser ou não ser
É a razão da humanidade
Estraguei a mocidade
Por abarbarado e rude
Botei fora a juventude
Não sou doutor e não quis
E aos jovens do meu país
Eu sempre peço que estudem.

E hoje estou na Vacaria
Pra dar um tiro de laço
E depois firmar o braço
Fazendo caligrafia
No meu livro de poesia
De tradição campesina
Naquela terra divina
Naquele pago campeiro
Os guachos do meu potreiro
Não vão precisar vacinas.

Bravos! Doutor Jair Soares
Quanto ao tal biodegradáveis
Ouvi os conselhos saudáveis
Eu escuto os seus falares
Seus conselhos salutares
E eu ouço quem aconselha
E fico trocando orelha
Pois eu nunca fui ranzinza
Eu volto ao sabão de cinza
E o velho caco de telha.

Em seguida estarei lá
Vacaria, no rodeio
O pingo mascando o freio
Da marca Eberle S.A.
Que prata a melhor não há
E que o patrão lá de riba
Que em prata também se estriba
No céu redomão azul
Cuide o Brasil Grande do Sul
E os ouvintes da Guaíba.

Erico Verissimo

Por isso a ideia de morte
Pra mim sempre é natural
No velho estilo oriental
Do índio criado sem norte
Quando a magra dá de corte
Nem o mais taura se escapa
Refrão da terra farrapa
Que nós trazemos de herança
Dos que riscaram com a lança
As linhas do nosso mapa.

Por isso sexta passada
Flávio, eu cheguei tristíssimo
Vendo o Erico Verissimo
Ir pra última tropeada
Melhor, a emborcar na estrada
Da qual não se volta mais
Foi juntar-se aos ancestrais
Lá nas celestes grandezas
Espalhando antes belezas
Nos quatro pontos cardeais.

Senti não estar presente
Para lhe dar o meu buenas
Um buenas, Flávio, um apenas
Ao autor do *Continente*
Que se mandou de repente
Para atender um chamado
Porque o índio meio escolado
É desses que não se roga
Sempre de cavalo à soga
E sempre de poncho emalado.

Eu não faço comparação
Da grandeza, do alcance
Desse mestre do romance
E este cantor de galpão
Mas é a bárbara atração
Que a este solo nos aterra
O mesmo grito de guerra
E o mesmo estoicismo cru
Do cantor de Tiaraju
E criador de Ana Terra.

Dizer que poeta não morre
Frases de que são eternos
Ou frases de que são cernos
Ou que ele é água que corre
Isso não me ocorre
Dizê-las dessa pessoa
Que foi grande e que foi boa
Não me interessa dizê-las
Porque bebemos estrelas
Dentro da mesma lagoa.

Medidores de talentos
Deus não fez nem nós faremos
E jamais conseguiremos
Radiografar pensamentos
Eu porém neste momento
Defino este ser homérico
Do chão ao estratosférico
Do pagão ao mais divino
Flávio, assim eu defino
Nosso incomparável Erico.

Misto de guerra e de paz
De distância, de lonjura
De barbarismo e ternura
Que o tempo nunca desfaz
Os Terras, os Cambarás
O Erico não morreu
Do Rio Grande onde nasceu
O patrão Nosso Senhor
Veio buscar o escritor
Mas não leva o que escreveu.

Fantoches, Primeiros Contos
Definem o campeiraço
Índio fazedor de laço
Sempre com seus tentos prontos
Que só enganava alguns tontos
Dos que pescam sem anzol
Aquele imenso arrebol
Misto de bardo e de monge
Que ouvia *Música ao Longe*
Buscando *Um Lugar ao Sol*.

Praça Senador Florêncio
O suicídio da Karewska
E ali a saga gauchesca
Brota, e *O Resto é Silêncio*
A encarnação do Juvêncio
Vem no Tônio Santiago
Apenas bosquejo vago
Desse antigo boticário
Que atou no mesmo rosário
As contas do nosso pago.

Olhai os Lírios do Campo
Sempre ao lado da *Clarissa*
Guardando sempre a premissa
De juntar cidade e campo
O mesmo que um pirilampo
No lombo dos descampados
Das estâncias aos sobrados
Foi com seu gênio profundo
Viagem à Aurora do Mundo
Pelos *Caminhos Cruzados*

Depois *O Tempo e o Vento*
Como gêmeos na verdade
Dois gêmeos na realidade
A vida e o movimento
Com grande distanciamento
Que torna os dois desiguais
Um tem os pontos cardeais
Que vão servir-lhe de escolta
E por isso o vento volta
E o tempo não volta mais.

O seu poema *O Continente*
Escrito em forma de prosa
É a página mais gloriosa
Das letras da nossa gente
É uma síntese fremente
Do gaúcho brasileiro
Pastor, soldado, guerreiro
O vulto pátria resenha
Que o Erico nos desenha
No seu Pedro Missioneiro.

Por isso a ele o meu canto
De andarengo payador
A esse bárbaro escritor
Do chão que queremos tanto
Não chamo de justo e santo
Só porque tenha morrido
Fisicamente entendido
Mas sim porque reconheço
Que ele foi até do avesso
Sempre um homem definido.

Homem que se definiu
Pois gaúcho é sempre assim
Um pedaço do sem-fim
Que não tem lugar vazio
E que sempre prosseguiu
Do início à hora extrema
Mudando às vezes de tema
Porque vida é novidade
Mas guardando a liberdade
Que guardou sempre por lema.

E ele é o Capitão Rodrigo
Que andou na Banda Oriental
É o Mingote, é o Juvenal
Rio Grande macho e antigo
E eu paro, não prossigo
Pois já vou perdendo o pé
E em nome de São Sepé
Nosso índio precursor
Deixo o meu verso primor
Ao monge de Santa Fé.

Natal

Fui muito bem, na semana
A maior da humanidade
A festa da natividade
Da figura soberana
Pois nasceu numa choupana
O filho do Criador
Nosso Cristo Redentor
O verbo, a vida e a luz
Que vão pregar numa cruz
Por falar tanto de amor.

Disse bem o Dom Vicente
Sua Eminência, o Cardeal
Transformaram o Natal
Em comércio simplesmente
Bebidas, farras, presentes
E muito Papai Noel
Meu ancestral menestrel
Se guia por outras leis
Escuta os Ternos de Reis
E os sinos de São Miguel.

Se houvesse nascido aqui
O Jesus de Nazaré
Num rancho de santa-fé
No Rio Grande onde eu nasci
Moço, depois de guri
De xiripá, de chilena
Com aquela longa melena
E aquele tipo crioulo
Tinha mexido no miolo
De muita china morena.

E talvez o condenassem
Aqui na velha planura
Não contrariando a escritura
Talvez não a contrariassem
Talvez o crucificassem
A resposta a Deus pertence
Mas nada impede que eu pense
Ao Deus que não pede ajudas
Não encontrariam um Judas
Aqui no chão rio-grandense.

Irmãos da serra e fronteira
Do litoral e Missões
Da colônia e rincões
Da velha terra campeira
Nesta hora derradeira
Do entardecer que declina
A nossa prece divina
Com guitarra bordoneando
A um ano que vem chegando
E ao outro que se termina.

Como xiru que é nascido
Dentro dum rancho barreado
Eu já fui condicionado
Na forma de ter vivido
O ser bem agradecido
É uma forma de recato
Por isso eu sou muito grato
E falo com simplicidade
Deixando a minha saudade
Ao velho setenta e quatro.

É mais um palanque que fica
No alambrado da vida
Na velha estrada comprida
Que aos anos se multiplica
Se vive, mas não se explica
Sempre atrás de uma esperança
E a gente é sempre criança
Em barbarescos repontes
Correndo atrás de horizontes
Que se vê, mas não se alcança.

É uma condição humana
A nossa de haraganear
Esta condição de andar
Atrás do que nos engana
E ouvindo o Mario Quintana
Do Alegrete charrua
Enamorado da lua
E que ao lirismo se abraça
Que não é o tempo que passa
É a vida que continua.

Eu penso como ele pensa
Nos meus versos galponeiros
A tropilha dos janeiros
A mim não faz diferença
Cada qual cumpre a sentença
Que recebeu ao nascer
Não pode retroceder
E vai seguindo tranquilo
Sempre pensando naquilo
Que quis, e não pôde ser.

Mas com essas coisas não brinco
Por isso desejo paz
Eu, o Eberle, o Alcaraz
E os Teatinos com afinco
Um feliz setenta e cinco
Pra o meu Brasil, pra o meu povo
E de pensar me comovo
Que lindo fica um relincho
E a cantiga dum bochincho
Anunciando um ano novo.

Versos bravios

É o payador novamente
Na hora do chimarrão
Trazendo uma saudação
Ao seu povo e à sua gente
No seu verso reverente
Nos seus bárbaros cantares
Porque a Guaíba nos ares
Cura todas as distâncias
Nas cidades, nas estâncias
Penetra em todos os lares.

Nunca tive pretensões
E nem procuro elogios
Porque meus versos bravios
São brasas de mil fogões
E nas peregrinações
Que faço no campo afora
Do pago que a gente adora
Desde que nasce ao morrer
Não deixa de responder
O que eu vou fazer agora.

Não sou muito conhecido
Nos pagos de Uruguaiana
Porém o moço se engana
Que o fato de eu não ter ido
Não me deixa proibido
De falar sobre o certame
Ele que faça um exame
E um ato de contrição
Mas não tomo chimarrão
Com quem de tolo me chame.

Ao Luiz Telles é negado
Falta de conhecimento
Ao Glênio falta talento
Glaucus é sacrificado
O Nejar é iluminado
Mas perdoem o desaforo
Pode fazer versos de ouro
Mas estava deslocado
Como um guri desgarrado
Numa capação de touro.

Tolo, bem, tolo eu seria
O payador de São Luiz
Se aceitasse o que ele diz
Quando pensava escrevia
E eu jamais aceitaria
Cairia num abismo
Em nome do jornalismo
E do patrão lá de cima
Não coloque o Freitas Lima
De Papa do nativismo.

Porque ele é um simples mortal
Um excelente promotor
Mas nunca conhecedor
Da música regional
Não precisa ser genial
No entanto pra compreender
Que há um substrato ao nascer
Que a nossa música encerra
Tirem-lhe o gosto de terra
Que perde a razão de ser.

E ontem um filho me dizia
Que eu deixasse do assunto
Que não gastasse o bestunto
Porque a pena não valia
Porque a música e a poesia
Eterna se perpetua
E eu digo em versos charruas
Pra que o mundo inteiro escute
Tradição não se discute
A tradição se cultua.

Mas chega de Freitas Lima
Mas chega do escritor
Porque agora o payador
Fala de algo mais em cima
Não pra recurso de rima
Do poeta tradicional
Mas pra falar do Natal
A festa da integração
Que vibra no coração
E no peito de cada qual.

E em nome dos Teatinos
Os cantores avoengos
Os cantores andarengos
Dos velhos pagos sulinos
Desejo um bater de sinos
Alegre, santo e sereno
Porque o homem tão pequeno
Mesmo com grande cultura
Já nasce quando procura
A trilha do Nazareno.

Divagação

Como sempre no arremate
Do programa dos Teatinos
Que vão cumprindo os destinos
E não fogem do combate
Eu chego tomando mate
Sobre o baldrame do rancho
E olhando a várzea mui ancho
Até um tanto preocupado
Que o meu tempo é limitado
Mesmo que coice de chancho.

Mas isso não me preocupa
Porque a inspiração não morre
E eu olho o tempo que corre
E com meu verso na garupa
A cada mate que chupa
O teatino é um missionário
Verso é conta de rosário
Da crioula tradição
Cantar as coisas do chão
Sem se ocupar com o horário.

Cantar olhando o ponteiro
Do relógio que arrodeia
Amigos, é coisa feia
Pra o payador missioneiro
E o tempo passa ligeiro
Porém eu não me atrapalho
Eu conheço o meu trabalho
Porque a inspiração não morre
E tenteio o tempo que corre
Procurando algum trabalho.

É a velha filosofia
Herdada dos ancestrais
Quando a esmola é demais
Sempre o santo desconfia
E um paisano me dizia
Ao me ensinar a payada
Laranjeira carregada
Numa volta de caminho
É azeda ou tem muito espinho
Ou lechiguana aporreada.

Mas perdoem se eu divago
Falando assuntos estranhos
Buscando outros rebanhos
Essas notícias que trago
Notícias aqui do pago
E outras de além-querência
A velha sobrevivência
A eterna luta da vida
Uns procurando comida
E outros a independência.

Aqui é sombra e água fresca
Nesta sacrossanta terra
Onde não se fala em guerra
Na querência gauchesca
É a fúria carnavalesca
Nada para antepô-la
A Festa da Uva crioula
Carnaval em fevereiro
E pra quem gosta de tempero
Tem a Festa da Cebola.

Aliás, falando em passagem
Do tempo que vai ligeiro
O payador missioneiro
Olhando a estranha voragem
Há pouco li uma mensagem
Num desses jornais profanos
Que avisara para os humanos
Que deviam se cuidar
Que o mundo vai se acabar
Dentre quatrocentos anos.

Achei a coisa engraçada
Até confesso sem medo
Eu que me levanto cedo
Pra matear de madrugada
Porém nessa disparada
Dos entrechoques sangrentos
Nessa falta de alimentos
E desrespeito ao evangelho
Eu acho que o mundo velho
Não vai chegar aos duzentos.

Dia de Reis

Tudo bem e reverente
Nesta nova sabatina
Que a Eberle patrocina
Pra encanto de nossa gente
Aqui chega novamente
Na hora do chimarrão
Depois de uma curtição
Do Natal ao dia seis
Cantando Terno de Reis
Nos rancherios de Viamão.

Velhas tradições dos pagos
Trazidas doutras querências
Balbuciando reverências
Entreveradas com tragos
Pra relembrar os Reis Magos
Que andavam atrás da luz
Até encontrarem Jesus
Que a religião perpetua
Mas a busca continua
Ninguém sabe onde conduz.

É que eles são como nós
Pobres humanos pequenos
Pobres humanos terrenos
Largados num mundo a sós
Que antes dos faraós
Já andavam nesta procura
Sem saber que a noite escura
Que ninguém sabe onde leva
Só pode aclarar a treva
Com paz, carinho e ternura.

Porém o mundo anda louco
Amigo Flávio Alcaraz
E se não encontrar paz
Vai se acabar pouco a pouco
Quem fala em paz fica rouco
Soltando frases aos ventos
Assolam os sentimentos
Nos quatro cantos da terra
E os grandes provocam guerra
Só pra vender armamentos.

Síria, Líbano, Tasmânia
Israel no Mar Vermelho
Do outro lado é parelho
Na orla mediterrânea
É a combustão instantânea
Sempre esperando o amanhã
Como uma orgia pagã
Sem respeito aos semelhantes
Sangue em todos os quadrantes
Da Argentina ao Vietnã.

Aqui pra nós no entanto
Amigo Flávio Alcaraz
Tudo vai marchando em paz
No nosso Rio Grande santo
Mas eu porém não garanto
Que a paz imensa prossiga
Vão nos meter nessa briga
Nesta disputa inconsciente
Pois parece que essa gente
Tem mais olhos que barriga.

Mas pra nós tudo é normal
Aqui na várzea pampeana
Vai decorrendo a semana
Como as outras, tudo igual
Campo, praia, carnaval
E as eternas ladainhas
Dos magrinhos e magrinhas
No sonho vestibulando
Nas faculdades chutando
Um rodeio de cruzinhas.

Eu também há muitos invernos
Já passei como esses outros
Índio domador de potros
Não se acerta com cadernos
Os problemas são eternos
Os de agora como outrora
E somente vejo agora
Que o domador de avestruzes
Se acertava mais nas cruzes
De um bagual porteira afora.

Eu juro que preferia
Flávio amigo Alcaraz Gomes
Os boitatás, lobisomens
O bochincho, a correria
Ou da ternura macia
Da cintura das xiruas
Ou dos rancherios charruas
Onde eu fazia meu centro
Só pra ver o que tinha dentro
Cortava a cordeona em duas.

Mas dou força à mocidade
Que luta e se aperfeiçoa
E que não desacorçoa
Pra vencer na sociedade
E domingo me deu saudade
O Correio dominical
Quando o Sampaulo genial
Me trouxe ali transplantado
Um Sofrenildo coitado
Pedindo cola a um fiscal.

Mas eu não pude aprender
Porque me apartei dos trilhos
Graças a Deus os meus filhos
São o que eu não pude ser
E eles sabem entender
Quando o velho se incomoda
E que este mundo é uma roda
No eterno vai e vem
Onde amar e querer bem
Jamais cairá de moda.

E Glênio, um abraço ao França
Que hoje aniversaria
Lá na querência bravia
Na terra onde eu fui criança
Pealando de toda trança
E caçando em dia de chuva
Cuidando estância de viúva
Naquele lindo varzedo
E encantando o chinaredo
Nos ranchos da Timbaúva.

É sábado aqui no mais
Estaremos novamente
Nós, os Teatinos presentes
Nos programas matinais
Se as viagens do intertrais
Não contrariarem assim
E antes de chegar ao fim
Um forte quebra-costela
No seu Edson Zanella
Da querência do Erechim.

Notícias

É justo que eu te responda
Flávio amigo, tudo bem
Nesse eterno vai e vem
Da velha terra redonda
E mesmo na crista da onda
O payador missioneiro
Com todo tino campeiro
De andar nas glebas patrícias
Não resumia as notícias
Nem falando um dia inteiro.

O mundo a ninguém surpreende
É sempre na velha dança
De guerra, fome, matança
De gente que não se entende
E do poderoso que vende
Armas a duas facções
Instiga revoluções
Depois no maior cinismo
Vem falar em pacifismo
Nos congressos das nações.

Rússia briga com a China
É luta de dois titãs
O Camboja e os Vietnãs
É que levam a tuzina
Porque eles são na retina
São nada mais do que um cisco
E eu fico a pensar, xomisco
Que a coisa não tem enredo
Na luta, mar e rochedo
Quem leva o diabo é o marisco.

É a corte do Rei Faisal
É o Arcebispo Makarios
São os gritos libertários
Que abalaram Portugal
É o noticiário normal
Das reportagens ativas
E as notícias evasivas
Que Leonides tá doente
E o Ford meio demente
Com medidas restritivas.

Aliás eu achei legal
O patrão boleando a anca
Respondendo à Casa Branca
No *trading* comercial
É bom um ponto-final
A esses donos dos caminhos
Que pensam que andam sozinhos
Como Deus e soberanos
E nós somos mexicanos
Dos seus filmes de mocinhos.

Porque os Estados Unidos
Parece até que ignora
Que aqueles tempos de outrora
Até já foram esquecidos
Porque já estamos crescidos
O Brasil não é um mambira
E quem comprovar prefira
Pode vir que provaremos
Que o que é doutro não queremos
E o que é nosso ninguém tira.

E continua jorrando
O petróleo no Brasil
Barril atrás de barril
Da terra pátria brotando
E eu daqui fico vibrando
E grito aos irmãos, não parem
E se acaso procurarem
No Brasil Grande do Sul
Brota gasolina azul
Do poço que perfurarem.

É festa aqui no estado
O congresso do cinema
Tem cada estrela que é um poema
Lá na terra do Gramado
Em Novo Hamburgo é o calçado
Couro Visão desta vez
Vai haver muito freguês
E eu de alegria escramuço
Vender borzeguim pra russo
E tamanco pra holandês.

E amigos, muito obrigado
Do cantor comentarista
Do payador nativista
Do velho pago sagrado
Se retira emocionado
E se Deus quiser voltarei
Mas pra arremate direi
Aos ouvintes do país
O que o Flávio sempre diz
O que é da Eberle é de lei.

Dentro da velha teoria
Da vivência campesina
O mundo não se termina
E a dor sucede a alegria
A noite sucede o dia
E o inverno, a primavera
Filosofia de cuera
Que viver bem é o que importa
O que sobra a gente corta
E o que falta a gente inteira.

Mas eu vim cheio de mágoas
Ouvindo o Adroaldo Streck
Que o mundo velho está em cheque
Desde o Oriente à Nicarágua
Antes aqui um toró d'água
Uma bárbara inundação
Uma espécie de furacão
Com mandado e raio guacho
Que quase me bota abaixo
A coberta do galpão.

Mas mais do que o vendaval
Amigo Flávio Alcaraz
O que está faltando é paz
No cenário universal
Eu acho uma coisa imoral
E de falar me comovo
É povo matando povo
Da forma mais animal
Que fazem trégua em Natal
E seguem matando de novo.

Hoje existe tanto invento
Ocupando o mundo inteiro
Faz o homem prisioneiro
Do seu próprio pensamento
E do seu próprio talento
Que o próprio século encerra
Todos os homens da terra
Deviam de pôr-se à soga
Pra descobrir uma droga
Que exterminasse com a guerra.

Ouvi a mensagem do Papa
Pedindo fraternidade
E louvo Sua Santidade
Aqui da terra farrapa
Do Rio Grande cujo mapa
É a alma da nossa gente
Também ouvi reverente
No iniciar de janeiro
Como todo brasileiro
A fala do presidente.

Eu gostei de sua excelência
Na sua franqueza rude
Que aliás é quase virtude
Dos filhos desta querência
Falou com muita paciência
Que o nosso país tá em avanço
E no final do balanço
Com muita ponderação
Terminou pedindo união
Pra um ano novo mais manso.

Glênio, escutando a guitarra
Neste início de janeiro
O payador missioneiro
Sente até que se desgarra
E o seu pensamento esbarra
Vendo a guitarra floreando
Vendo um ano engatinhando
Eu me sinto mais gaudério
Neste país-hemisfério
Há sempre um guasca mandando.

E eu lembro o velho João Vargas
Que junto ao verso nasceu
Da mesma forma que eu
Bombeando as campanhas largas
Cabresteando horas amargas
Amigo Flávio Alcaraz
Porque se o tal satanás
Inventar algum pretexto
Vai como gato a cabresto
Sentando sempre pra trás.

E eu penso da mesma forma
Como pensa o grande poeta
A vida é uma cancha reta
Que em curva não se transforma
Se a gente não se conforma
Ela fica mais comprida
No lançante, na descida
Geadas, tormentas, serenos
Ano a mais ou ano a menos
O que importa é viver a vida.

Telefonema

Eu recebi um telefonema
Flávio, que não declamasse
E ao invés disso cantasse
Para tratar do meu tema
Mas não mudo de sistema
E com ouvintes não discuto
Até pensei um minuto
Depois parei de pensar
Que é por não saber cantar
Que o corvo vive de luto.

E o mundo nesta semana
Não alterou nem um til
É o petróleo no Brasil
É a bomba atômica indiana
É a ganância americana
É a agitação na Indochina
É a convulsão na Argentina
De um povo que vibra em ânsia
É sempre a beligerância
Entre a Arábia e a Palestina.

Flávio amigo, nós humanos
Parece não progredirmos
Parece que regredimos
No tempo, mais de mil anos
Nossos arrancos profanos
Dessa ínfia insanidade
Parece que a humanidade
Com dois milênios de dor
Não sabe que só o amor
Constrói para a eternidade.

Aqui no pago natal
Segue tudo iluminado
Já terminou em Gramado
De uma forma triunfal
E o cinema nacional
Pôs uma sorte clavada
Numa festa iluminada
Com astros do firmamento
Nunca vi tanto talento
Nem tanta mulher pelada.

Eu compreendo satisfeito
A mulher é uma obra-prima
Aqui porém neste clima
Qualquer traje está direito
O corpo sendo perfeito
Que importa que o mundo veja
Não é lei que se proteja
O matambre ou o umbigo
Eu tenho sempre comigo
Lugar de santo é na igreja.

Porém me fazem sinal
Que o meu tempo terminou
O relógio caminhou
É o tempo, coisa normal
Deixo um abraço cordial
Do cantor que não se entrega
E ao invés disso navega
Nessa confusão sem nome
Pois se para o bicho come
E se corre o bicho pega.

Carnaval

Para um cristão que dançou
Durante os últimos dias
Ainda trago as harmonias
Do carnaval que passou
E Flávio amigo, aqui estou
Pois na Guaíba eu remoço
Mas esquecer-me não posso
Que me falta ainda um serviço
Hoje à noite é o compromisso
Eu tenho o enterro dos ossos

Carnaval é carnaval
Que atinge até o mais ranzinza
Depois da quarta de cinzas
Vem o acerto final
Vem o acerto geral
Massarocas no cabelo
Alguns chamuscos no pelo
E rasgões na fantasia
Muita guaiaca vazia
E muita dor de cotovelo.

Índio criado em galpão
Das estâncias missioneiras
Prefiro as duas ilheiras
De uma gaita de botão
Mas a coisa é um arrastão
E até nem fui, fui levado
Aquilo estava apertado
O mesmo que queijo em cincho
Muito pior que os bochinchos
Desses de rancho barreado.

Que lindo é aquele balanço
E a toada do la-ra-rai
E esse de com grito vai
Naquele passo de ganso
Descanso, pra que descanso?
Se o índio dança escorado
E dança meio mamado
Ali no ar se virando
E com os braços pataleando
Mesmo que chancho atolado.

Mas eu vi Sua Santidade
Aqui na terra farrapa
Eu vi o Santo Padre, o Papa
Falando pra humanidade
E pedindo mais bondade
E mais coração aberto
O Santo Padre está certo
O mundo porém está louco
Isso vai adiantar pouco
Está pregando em deserto.

Porque, Glênio, nós sabemos
Isso não adianta nada
Isso é uma coisa provada
Neste mundo em que vivemos
Nas próprias coisas que cremos
Tudo vai indo anormal
Chego à conclusão final
Essa é a minha infelizmente
Que o mundo é um bloco de gente
Na farsa de um carnaval

E que fazer o cantor
Que a memória se ensimesma
Nesse início de Quaresma
Este pobre pecador
Se não pedir ao Senhor
Que livre a sua penitência
Ou que lhe dê uma indulgência
Como a deu desde guri
Que é de andejar por aí
Cantando a nossa querência.

Novidades

Meu patrão, minha patrona
Flávio amigo, buenos dias
Enquanto a cambona chia
E já é a segunda cambona
Ao compasso da bordona
Da guitarra que ponteia
O payador memoreia
Pra contar as novidades
E pra falar a verdade
Esta semana foi cheia.

Notícia existe bastante
No Brasil e no exterior
E aqui no Rio Grande em flor
O fato mais importante
É a mudança de governante
Do Triches pelo Guazzelli
Não é bom que eu atropele
Pra fazer o meu trabalho
Pois por qualquer atrapalho
A censura me atropele.

Houve até cavalaria
Da indiada de Soledade
Uma indiada de verdade
Buenacha e de boa cria
Xô-égua até parecia
Tempo de revolução
O Rio Grande em formação
O passado campesino
Tropas do velho Firmino
Piquetes do Pé no Chão.

Gente do vice Amaral de Souza
Que aqui chegaram
E chegando prestigiaram
O governador Sinval
Um painel tradicional
Do velho Rio Grande macho
Poncho, laço, barbicacho
E um ar de pátria no rosto
E acamparam muito a gosto
Ali na costa do riacho.

A mudança de patrão
De agregado, de posteiro
Os cavalos no potreiro
A varrida no galpão
Mas é o mesmo chimarrão
Mas é a mesma carne assada
É a mesma templa aporreada
Deste estado-continente
Onde ficou pra semente
O índio venta rasgada.

E tudo saiu bem demais
E tudo saiu perfeito
E a mudança de prefeito
Deste Porto dos Casais
Teve o melhor dos finais
Como um final de novela
É o nosso amigo Villela
Índio da estirpe pampeana
Que nasceu na Uruguaiana
Com pátria a meia costela.

E o velho Onassis viajou
Porque ele não era bruxo
Aqui no pago gaúcho
Todo mundo lamentou
E até o payador pensou
E eu devo dizer no momento
Me passa no pensamento
Evocando o velho Onassis
E até talvez eu contasse
No seu lindo testamento.

Porém como não constasse
Eu não fiquei abichornado
Pois não fui apresentado
Quando vivia o Onassis
Pena que se terminasse
Embora tudo termine
E eu peço a Deus que ilumine
Aqui na nossa frequência
E envio uma condolência
À pobre da Jaqueline.

Há de encontrar outro broto
Pois tem beleza e dinheiro
Esse é o tombo mais certeiro
Como pealo de canhoto
Mas como o tempo é maroto
Eu vou parando, meu povo
Pois não gosto de retovo
E nem de falar em viúva
Sábado com sol e chuva
Estaremos aqui de novo.

Amanhã é Páscoa

Olhando ao longe o varzedo
A Estrela Dalva saindo
Igual uma flor se abrindo
Pra o dia que vai nascer
E o índio pega a percorrer
De novo a estrada perdida
E as coisas boas da vida
Que quis e não pode ser.

Lembro o Rui, o José Leal
Nessa hora de mim mesmo
E fico pensando a esmo
Nesse voo emocional
Dum imenso manancial
Das venturas que já tive
Pois sem amor ninguém vive
Essa é a lei da natureza
Porém a maior riqueza
Que o homem tem é ser livre.

E ouço a cambona que chia
E tomo mais um amargo
E volto pra o sonho largo
Do campo e da fantasia
O meu verso se extravia
Depois eu fico pensando
Que a guitarra bordoneando
Aqui junto do fogão
É o bater do coração
Do tempo que vai passando.

E fico a pensar absorto
No imenso Nazareno
Que grande, quis ser pequeno
Ele que orara num horto
Ele não seria morto
Se houvesse nascido aqui
Se houvesse sido guri
Dentro dum rancho barreado
E nunca crucificado
Neste pago onde eu nasci.

Mas ele, Nosso Senhor
Foi quem escolheu o Calvário
Ele, o grande libertário
O maior libertador
Ele, o nosso Criador
Morto pela criatura
Para demonstrar ternura
Do maior ao mais modesto
E fez da morte protesto
A qualquer escravatura.

Amanhã é Páscoa, as crianças
Nem dormem, que coisa linda
Porque não sabem ainda
De entreveros e matanças
E eu sigo em minhas andanças
E vou cruzando os caminhos
Percorro todos os ninhos
Em cada canto do mundo
Porque no fundo, no fundo
Nós sempre somos piazinhos.

E o homem, que faz o homem
Olhando a essência divina
O homem se autoextermina
E os princípios se consomem
As coisas boas se somem
Tragadas pela ganância
E vão ficando à distância
Carregadas pelo vento
Aqueles ensinamentos
Que a gente trouxe da infância.

E aí vem a reminiscência
À querência onde eu nasci
O pago onde eu fui guri
A minha velha querência
Que eu lembro com reverencia
Que eu lembro com emoção
A sagrada devoção
De toda aquela peonada
Nem se dava uma risada
Numa Sexta de Paixão.

Hoje é tudo diferente
Pois tudo mudou de jeito
Hoje não há mais respeito
É comércio simplesmente
Pensam que dar um presente
É o que basta, e é um engano
Esquecem que o soberano
O nosso santo Jesus
Um dia subiu à cruz
Pra salvar o gênero humano.

Eu não sou muito de igreja
E vou nela longe em longe
Muito embora seja um monge
Dessa liturgia andeja
Mas há um Deus que me proteja
E Ele é gaúcho por certo
Porque sempre eu sinto perto
No ater das pulsações
E quanto às minhas orações
As faço no campo aberto.

Prefiro a paz dos descampos
Respingados de sereno
Onde sou grande e pequeno
Na majestade dos campos
Contemplando os pirilampos
Que da grama se desprendem
E quando as estrelas se acendem
Eu converso com as estrelas
Porque aprendi a compreendê-las
E elas também me compreendem.

Hoje não há noticiário
Nós todos fizemos tréguas
Embora a mais de mil léguas
Do velho Monte Calvário
Eu vou desfiando um rosário
De orações que sei dizê-las
Que o vento ensinou-me a lê-las
Em bárbaras operetas
Nos couros das noites pretas
Carrapateadas de estrelas.

O Eberle, o Flávio, os Teatinos
E a Guaíba são devotos
E deixo agora os votos
De Páscoa e bater de sinos
Velhos, moços e meninos
Fica também um conselho
Fazei do peito um espelho
De campo verde e céu azul
Que o Brasil Grande do Sul
Deixará nele um espelho.

E o rude cantor jesuíta
Termina a Semana Santa
Cantando, pois quando canta
Uma oração se recita
Logo Jesus ressuscita
Que a Ele ninguém impuia
E hoje eu tiro a aleluia
Numa bailanta campeira
Sapateando uma vaneira
Com uma diaba cor de cuia.

Vargas Neto

Meus buenos dias, indiada
Neste sábado machaço
A todos um grande abraço
Desses de cana trançada
Estou desde madrugada
E o coração nem me bate
Pitando, tomando mate
Cachaça, carne de vaca
E não curtindo ressaca
Pois não comi chocolate.

Ouvi muito do coelhinho
Na semana que passou
E que esse bichito andou
Visitando muito ninho
Mas também vi muito piazinho
Olhos perdidos no além
Porque eles não sabem bem
Como o mundo é desparelho
E que a rigor esse coelho
Não visita os que não têm.

Embora essa tradição
A rigor nem seja nossa
Acho que não há quem possa
Remediar a situação
Quem mal pode comprar um pão
Como vai comprar brinquedo?
E fica o pobre piazedo
Às vezes sem mãe nem pai
Mais uma Páscoa que vai
Como o vento no arvoredo.

E na quarta, Academia
De Letras do nosso estado
Recebeu outro soldado
Outro taita da poesia
Que há muito não recebia
Um vulto de tal estatura
Vargas Neto essa figura
Cujo verso xucro encerra
Aquele gosto de terra
Das vertentes de água pura.

Senti não estar presente
Na posse daquele irmão
Naquela nesga de chão
Deste sul de continente
O Vargas Neto a vertente
Da poesia galponeira
Da velha musa campeira
De nós todos tão querida
Que por certo foi parida
Na querência missioneira.

Gado Xucro e a *Tropilha Crioula* que ele escreveu
São duas joias que deu
À querência farroupilha
Argola, ilhapa, presilha
Das campeiras tradições
Mais que o cantor dos galpões
O cantor do verso bravio
Foi ele que introduziu
Nosso verso nos salões.

Mas indiada da fronteira
Das Missões, do litoral
Da serra e da Capital
Até sábado se Deus queira
Que o mundo grande à mangueira
Afinal entre sem-razão
Eu paro com o meu chimarrão
Vou encilhar uma gateada
Pois hoje tem gineteada
E festa grande em Viamão.

Ruídos matinais

Quantas vezes respondi
Flávio amigo, essa pergunta
E essa resposta se junta
Respondo de novo a ti
Vai tudo bem por aqui
No nosso Rio Grande amigo
Do Brasil do Sul antigo
Pedaço de continente
Pátria querida que a gente
Onde vai leva consigo.

Sempre me cabe o arremate
Deste final de payada
Falar na hora encerrada
E eu faço tomando mate
E é justo que eu me arrebate
Com alma e com sentimento
E leve o meu pensamento
Lá pra o pago de onde venho
Guardando a balda que eu tenho
De galopear contra o vento.

E que emoção me domina
Vendo os ruídos matinais
Deste Porto dos Casais
Da minha terra divina
Eu ouço a vaca brasina
Talvez chamando o terneiro
O rincho de um parelheiro
E o quero-quero gritando
E ouço a sanga murmurando
Lá no fundo do potreiro.

Ali no monte de lenha
Perto, entre o galpão e a casa
Um cochincho bate asa
Pedindo que o dia venha
E aquela cachorra prenha
Deitada, de ubre cheio
Olhar aberto meio a meio
Com lampejos de carinho
Como evocando os cusquinhos
Para atacar no rodeio.

Flávio amigo, tudo é assim
Que barbaresco feitiço
Se o mundo fosse só isso
Tanta alegria pra mim
Mas isso tudo tem fim
E eu volto pra realidade
Flávio amigo, a humanidade
Vai continuando no mesmo
E vai virar em torresmo
Faltando a fraternidade.

Às vezes faço um exame
Por que que a palavra *terra*
Tinha que rimar com guerra?
Esta rima tão infame
E eu lembro do Vietname
Que do inferno se aproxima
E se fizesse outra rima
Podia buscar exemplos
Da história nos outros tempos
Nagasaki e Hiroshima.

Aqui no Porto Açoriano
Vai indo, tudo vai indo
O pôr do sol sempre lindo
No Guaíba, rio-oceano
Parece que o sol vaqueano
De gauderiar a imensidade
Conhece bem a cidade
A alma e o coração
E sempre deixa um clarão
Que é pra matar a saudade.

E gostei da gurizada
Distribuindo boletins
Nossos cidadãos mirins
Pedindo à turma pesada
A esse trânsito mais nada
Que acalmar as andanças
Para evitar as matanças
A grande alucinação
Se não ouvem a razão
Ouvem talvez as crianças.

Mas porém a sensação
Regional e nacional
É a luta da dupla Gre-Nal
De frente à federação
De frente à confederação
Dessa malfadada copa
Porque se a dupla não topa
E o assunto é meio esquisito
Vai a trompada e a grito
Como quem reponta tropa.

Eu lamento ter ouvido
A palavra do almirante
Achei um tanto arrogante
Pra não dizer ofendido
E fiquei estarrecido
No meio das ladainhas
Ameaças nas entrelinhas
Sua Excelência gritando
Como quem está falando
Para um bando de galinhas.

Esquece Sua Excelência
Que o velho pago campeiro
Continua brasileiro
Como foi na adolescência
Guardando a mesma decência
No esporte e em outros terrenos
Porque os grandes são pequenos
Na hora em que a grandeza passa
E porque um homem não se ameaça
E ao Rio Grande, muito menos.

Desculpe o Luiz Carvalho
Desculpe Doutor Eraldo
Eu não vou entornar o caldo
Mas entendo de baralho
E se o jogo for bandalho
E a gente tendo certeza
É uma questão de nobreza
Na nossa terra campeira
Pra lidar com calaveira
O jeito é virar a mesa.

E a nossa correspondência
Inda não tinha falado
Mas o faço emocionado
Comprova bem nossa ausência
Comprova a nossa frequência
Que é vibrante e positiva
Ouvintes, uma missiva
Vós sabeis tem o valor
Vós sabeis tem o calor
Enternece e incentiva.

Continuem escrevendo
Nos façam esse favor
Escrevam pra o payador
Que ele há de seguir lendo
E termina respondendo
Da maneira mais cordial
E deixa um canto final
Em assunto de motor
Metal e transformador
A Eberle não tem igual.

Dia do Trabalhador

Mais outro mate, parceiro
Encilhado de erva boa
Enquanto a bordona soa
Num milongão galponeiro
E o payador missioneiro
Parece que se extravia
Na bárbara sinfonia
Dos berros e dos relinchos
E do canto dos cochinchos
Rasgando a barra do dia.

Que lindo é olhar o brasedo
Golpeando um amargo bueno
E olhando ao longe o sereno
Se levantar do varzedo
E a bulha do chinaredo
Com vaca mansa e tambeira
O barulho da mangueira
Grito, ralhada, resinga
E o vento que choraminga
No santa-fé da cumeeira.

E o pensamento se manda
Que se perde nas distâncias
Pelas cidades, estâncias
E se apequena e se agranda
E nesta xucra ciranda
Vai onde a razão o chame
Contemplando o quadro infame
De barbárie e de demência
O sangue, a guerra, a violência
Da Espanha até o Viatname.

E houve aumento de salário
Pra o operário em seu dia
Parece nova alegria
Pra o nosso pobre operário
Porém, depois um rosário
De tomadas e medidas
E de leis nunca cumpridas
Que às vezes produzem mágoas
O aumento e uma gota d'água
Sobre loncas ressequidas.

Meus amigos, a rigor
O poeta e o radialista
Como até o comentarista
É tudo trabalhador
Do padeiro ao senador
Do soldado ao general
Do padre até o policial
Eletricistas, tropeiros
Somos todos joão-barreiros
Da integração nacional.

Quanto ao pobre funcionário
No âmbito federal
A coisa vai muito mal
Como em conto de vigário
Vai cumprindo o seu calvário
No seu trilhar desumano
Entra ano e passa ano
E até o salário encolheu
Tem índio até que morreu
Esperando o tal de plano.

Quatro anos, presidente
Dessa espera desumana
E o servidor se engalana
Esperando inutilmente
Vossa Excelência é inocente
E vai resolver o caso
E ouçam soldados rasos
Basteirados na peleia
Mandem fincar na cadeia
Os culpados desse atraso.

E como já era esperado
Na luta Gre-Nal e copa
O Rubens ficou sem tropa
Comandante sem soldado
E eu escutei arrepiado
Ao ler um jornal do Rio
Repórter que daqui saiu
Do velho pago campeiro
Diz: vão brigar os mineiros
Porque o gaúcho fugiu.

E eu vi na televisão
Vejam que barbaridade
É falta de brasilidade
Houve esta observação
Quem fez esta afirmação
Até merecia um tapa
Não leu a história farrapa
Quando o guasca, lança em punho
Fez o primeiro rascunho
Das linhas do nosso mapa.

Como se vê, continua
Apesar da integração
Esta ingrata prevenção
Contra esta terra charrua
Garrão calçado de pua
Da pátria, Deus a ilumine
Talvez um dia termine
Isso vem desde o batismo
Porém lições de civismo
Não nasceu quem nos ensine.

E encerra aqui um dos cantores
Minha senhora e senhor
Também um trabalhador
Nós somos uns lavradores
Nós somos uns semeadores
Desses cantos-alimentos
Que vão levados nos ventos
Nas manhãs e noites calmas
Servem pra embalar as almas
E adoçar os sentimentos.

Dia das Mães

Que lindo um canto de galo
Fazendo acompanhamento
Num milongão pacholento
Aberto como pra um pealo
E o verso sai de a cavalo
Sai na cadência da nota
E o payador se alvorota
Extraviado mundo acima
Como quem busca uma rima
Sem saber de onde ela brota.

Flávio, da marquesa salto
Bato tição com tição
E fico olhando o clarão
Nos caibros do galpão alto
Junto ao fogão do asfalto
Chimarreando o sentimento
Bombeando sempre atento
O luxo das labaredas
Bordando rendas e sedas
Pra o luxo do pensamento.

E o cusco baio-coleira
Também se encontra presente
Deitado na cinza quente
Dessa charla galponeira
Lá fora a estrela boieira
Com seus brilhos imortais
Atesta que os ancestrais
É lei da terra bravia
Da meia noite pra o dia
Um taura não dorme mais.

Isso diz o Aureliano
Grande cantor do meu pago
E eu evoco um afago
Neste relato pampeano
E como xiru vaqueano
Também me encontro conforme
Porque nesta pátria enorme
Somos assim desde a infância
Mesmo que cuscos de estância
Quando um dorme, o outro não dorme.

E eu olho o mundo lá fora
E contemplo a noite preta
A escuridão do planeta
E não há prenúncios de aurora
Um negrume que apavora
Roma, Saigon e Paris
É sempre o mesmo matiz
Que nem vale a pena olhar
Eu prefiro chimarrear
Neste garrão do país.

Mas amanhã é um dia santo
Em todos os continentes
Porque crentes ou descrentes
A uma Mãe que amamos tanto
Pra ela envie o meu canto
E quero ao calor que encerra
Que evoque os brados de guerra
Desse mundo empedernido
Diante do ser mais querido
Que já passou pela terra.

Encarnação da pureza
Encarnação da virtude
Até para o índio rude
Da escola da natureza
Ela é a síntese, é a beleza
Do encanto e da ternura
A Mãe, essa criatura
Se transforma em divindade
E pela maternidade
Se torna mais linda e mais pura.

E o verso do payador
Vai sem palavras escritas
Porque elas cantadas, ditas
Não representam amor
Vai no meu verso uma flor
Enquanto falo e converso
Não tenho mais do que um verso
Na véspera do seu dia
Porque ela é a maior poesia
Composta pelo universo.

Galponeando

Mais um sábado entre tantos
Que se chega e vai passando
Pra quem vive galponeando
A vida é cheia de encantos
E eu vou rastreando meus cantos
Enquanto a milonga chora
No lusco-fusco da aurora
Da noite que se desmancha
E o dia que pede cancha
Pra se perder campo afora.

Diz o Argentino Luna
Guitarreiro e payador
Que o patrão Nosso Senhor
Não nos deu maior fortuna
Do que essa hora toruna
Num galpão enfumaçado
Ouvindo o berro do gado
Ronco de mate e relincho
E o guitarrear de um pelincho
De bico recém-pintado.

Dentro desse quadro imenso
Eu fico olhando o varzedo
Com medo de sentir medo
De pensar, e quando penso
Imagino que o incenso
Que pelas várzeas flutua
Não é o incenso charrua
Dum ritual inacabado
É o hálito perfumado
Dalgum bocejo da lua.

E escuto o vento que passa
Como regente da orquestra
Repontando em cada fresta
A cinza, a poeira, a fumaça
E o luzeiro se adelgaça
Levando a noite em reponte
O hoje matando o ontem
Essa hora o tempo empaca
Quando o dia enfia a faca
No sangrador do horizonte.

E respinga a claridade
Desse talho fundo e largo
Eu tomo mais um amargo
E caio na realidade
E vejo que a humanidade
Vai continuando a sua rota
É o mundo que se alvorota
E vai seguindo no caos
É a Casa Branca e o Laos
Camboja, a sétima frota.

E aqui como era esperado
O divórcio não passou
O que casou, se casou
E continua casado
É um assunto superado
E eu ouvi o patrão geral
Dizendo num tom cabal
Eu ouvi Sua Excelência
É um assunto de consciência
O problema de cada qual.

Mas, Flávio, a correspondência
Dos Teatinos se avoluma
É uma carta, uma por uma
Comprova nossa frequência
É um atestado de audiência
De incentivos e carinhos
Que prova que nos caminhos
Céu abaixo e céu arriba
Nós, nas ondas da Guaíba
Não conversamos sozinhos.

De uma carta eu não gostei
Decerto de algum gaiato
Coberto no anonimato
O que eu sempre reprovei
Eu muita atenção não dei
Mas vou deixar-lhe um recado
Segundo fui informado
O sufixo selvagem
Foi posto como homenagem
Ao que assina atrapalhado.

Confesso, nada me irrita
São cavacos do ofício
Mas eu que canto por vício
Herança e balda jesuíta
Conhecer gente esquisita
Num fez mal a ninguém
Se cada qual dá o que tem
Que receba o que mereça
E caso nada me aconteça
Até o sábado que vem.

Guitarra

Velha e machaça guitarra
Que enternece e que provoca
Tens o feitio da chinoca
Na tua forma bizarra
Esse teu som se desgarra
E campo afora encordoa
O nosso olhar se encarvoa
E a escuridão se desmancha
Quando a boieira se prancha
No matambre da lagoa.

Seis cordas bem estiradas
Abraçadas pelas tramas
Quando a lo léu te esparramas
Nas várzeas enluaradas
Revives as clarinadas
Do velho pago bendito
Quando o gaúcho proscrito
Nas andanças da fronteira
Te escolheu pra companheira
Pra nunca viver solito.

Na bárbara claridade
De brasedo sem fumaça
Essa guitarra que abraças
Com ciumenta intimidade
Traduz com sonoridade
Quando teus dedos passeiam
Madrugadas que clareiam
Campos pelechando em flor
M'ia prenda cheia de amor
E potros que corcoveiam.

Velha guitarra macia
Que te acordas sonolenta
E nessa milonga lenta
Que enternece e arrepia
Traduzes na sinfonia
Os galponeiros estalos
Das brasas, canto de galos
Os mais estranhos entonos
O vento nos cinamomos
E o relincho dos cavalos.

Guitarra que ora cochilas
E de repente te acordas
Lembrando o bater das cordas
Velhas tesouras de esquilas
Tardes crioulas, tranquilas
Onde se afinam os gritos
Dos quero-queros solitos
Carrapateando os banhados
Couro de pampa estaqueados
Com estacas de infinito.

Guitarra, quando te escuto
Entre um chimarrão e outro
Escuto um berro de potro
Nas garras de um índio bruto
E esse picumã de luto
Me dá uma tristeza baita
Minh'alma de índio taita
Basteirado nas peleias
Pergunta quando ponteias
Que estás chamando uma gaita.

Escuto o minuano manso
O vento arrepiando a quincha
E esta guitarra cochicha
Num barbaresco balanço
E em meu pensamento avanço
No pampa profundo e calmo
E a guitarra a cada salmo
É uma legenda de chão
Que a casco de redomão
Conquistamos palmo a palmo.

Como é linda essa guitarra
Quando ponteia sonora
Que se perde campo fora
Com seu canto de cigarra
Ela parece que esbarra
Num rústico chamamento
Guitarra-pampa um lamento
Da minha pampa querida
Com certeza foi parida
Nos alambrados do vento.

E com certeza murmura
Estilos velhos, tão velhos
Mais velhos que os evangelhos
Da nossa pampa escritura
Ela traz tanta ternura
Que até o payador se amansa
E a própria musa descansa
Vendo que esta vida é um jogo
Quando o índio acende o fogo
Com brasedos na lembrança.

Milongueando em comunhão
Neste final de arremate
Neste fortim de combate
Que nós chamamos galpão
Uma prece, uma oração
No altar da imensidade
Milonga que na verdade
Quando o índio se desvaira
A milonga é como a chaira
Que senta o fio da saudade.

Então eu fico a pensar
Que um payador quando canta
É um monge que se levanta
Postado frente a um altar
Na ânsia de consagrar
Seu pago xucro, bravio
E sinto num arrepio
O vento que me faz senha
Se meu canto fosse lenha
Ninguém morria de frio.

Dromedário

Flávio, amigo te respondo
Vai tudo bem, obrigado
Neste templo enfumaçado
Onde a chimarrear me escondo
E como o mundo é redondo
Sempre no centro me acho
Rodeando um fogão buenacho
Enquanto o luzeiro arriba
Neste galpão da Guaíba
Solito como ovo guacho.

Se vivo solito minto
São forças da circunstância
Se estou num galpão de estância
Onde à vontade me sinto
Neste crioulo recinto
Que tanta emoção me traz
Amigo Flávio Alcaraz
Pra o payador missioneiro
Que ficou de peão caseiro
Ao lado do capataz.

E aqui se encontra o teatino
Chimarreando de manhã
Coberto de picumã
Desse galpão campesino
Até o cusquinho brasino
Ali está, me olhando quieto
Como um xiru analfabeto
Que conversa sem falar
Pois me entende no olhar
Que temos o mesmo dialeto.

Pra nós dois o Criador
Um dia foi peão caseiro
Alambrador, carreteiro
Andarengo e payador
E foi também trançador
De mão firme e bem segura
Que quando fez a lonjura
Usou de muita experiência
Pois na presilha da ausência
Pôs um botão de amargura.

E Ele, a Grande Divindade
Que fez a terra e o céu
Que fez laço, fez sovéu
Fez amor, fez liberdade
E fez também a saudade
Que é doce e fica amarga
Fez a saudade, essa carga
Que a gente já traz da infância
E quanto maior a distância
Mais a saudade se alarga.

Mas em falar da saudade
Que eu trago desde guri
Eu até já esqueci
Do resto da humanidade
De falar da atualidade
E contar como anda
Nessa terra veneranda
Onde o maluco transita
E se a gente facilita
Se desintegra e desanda.

O meu coração repete
O que eu ouvi nos confins
Sobre o Justino Martins
Um que escreve no começo
Que o mundo teve um tropeço
Talvez, pra criar abalo
Que é do Rio Grande e ao deixá-lo
Diz que fez um acertado
Pois se houvesse ficado
Tinha virado o cavalo.

Parece até brincadeira
Um índio ali de Cruz Alta
Cometa tamanha falta
Diga tamanha asneira
Negando à terra campeira
Que mais gaúcha não hay
Porque se um esquece o pai
É alguém que se esquece e erra
Mas quem nega a própria terra
Nega o ventre de onde sai.

Até o próprio irracional
Sempre é apegado à querência
E sempre tem a tendência
De voltar ao chão natal
Mas porém esse anormal
Essa cabeça convulsa
Tem no coração que pulsa
Um veneno que envenena
Talvez a alma de pena
Torne o amor em repulsa.

Não conheço esse senhor
E nem quero conhecê-lo
Mas vou deixar-lhe um apelo
De gaúcho e payador
Não retorne, por favor
Ao nosso velho cenário
A esse Rio Grande lendário
Se tem vergonha na cara
Vá morar lá no Saara
E se torne um dromedário.

Buenos dias

Patrícios, novo reponte
Do Brasil Grande do Sul
Poncho, pátria verde-azul
Que faz barra no horizonte
Hoje, amanhã que foi ontem
E segue em tranco seguro
Clarão rasgando o escuro
Do caminho a percorrer
Buscando o alvorecer
Nas auroras no futuro.

Meus buenos dias geral
É o que eu digo reverente
Iniciando novamente
A resenha semanal
Tudo correndo normal
Na velha querência eterna
Na velha terra fraterna
Onde o tempo vai passando
E onde eu sigo chimarreando
No meu cepo de três pernas.

Na vivência galponeira
Um sábado é igual aos outros
Galos, relinchos de potros
Berros de vaca tambeira
O bulício na mangueira
E o vento lá no capim
Que lindo é matear assim
Um chimarrão bem servido
Num galpão recém-varrido
E aguado com creolim.

Depois de haver escutado
Um causo do Simões Lopes
Eu chego a ouvir os galopes
Dos índios no descampado
Deste pago abarbarado
Riscando o mapa campeiro
E depois olho o braseiro
Com cívica devoção
O braseiro do fogão
Foi sempre o meu conselheiro.

Aniversário do amigo Odilon

Talvez que me falte a voz
Talvez até que eu me exalte
E até a inspiração me falte
Porém não estamos a sós
Essa é a herança dos avós
Do velho pago tão bom
A retumbância do som
No ambiente extraordinário
E a data de aniversário
Do nosso amigo Odilon.

Como é bonita uma data
Dessas que se comemora
Pra um gaúcho campo afora
Um índio solto de pata
Criado com serenata
Que tanto fascínio encerra
Eu conheço a tua terra
E ao relembrá-la me exalta
Viva a lendária Cruz Alta
Xucra Rainha da Serra.

Eu da sorte não me queixo
Porque quis ser payador
Lá no Cristo Redentor
Não me quebraram o queixo
Não estudei por desleixo
E eu cumpro uma penitência
E vou cruzando a existência
Índio xucro sem canudo
Porque pra mim o estudo
É cantar esta querência.

Um ano de aniversário
Mais um ano que se afasta
É mais um real que tu gasta
Do cofre do teu erário
Desse velho itinerário
Na direção duma estrela
Tu terás de percorrê-la
Mas te digo companheiro
A vida vale dinheiro
Para quem sabe vivê-la.

E vive como eu vivi
Hoje em teu aniversário
Sou pobre e sou milionário
Desde os tempos de guri
Canto o pago onde nasci
O campo, o céu, a distância
Canto a viola, a retumbância
Canto o pampa, a imensidade
E canto a imensa saudade
Que eu tenho da minha infância.

A infância, a infância, amigaço
O que esta vida nos fez
Pois ela só há uma vez
E deixa apenas um traço
Deixa apenas um sogaço
Deixa um rasgão no caminho
Deixa marcas de carinho
A infância que coisa bela
Tentei retornar a ela
Mas me extraviei no caminho.

Eu também pintei a cara
Com pedaços de carvão
Também fiz de redomão
O meu bagual de taquara
Vejo que a vida dispara
E eu canto por desaforo
Até vem a voz de choro
Deste meu verso refugo
Do meu capataz sabugo
E do meu petiço mouro.

Quisera que esta guitarra
Fosse feita de veludo
Se Deus me desse isso tudo
Isso eu não digo por farra
O meu coração esbarra
Me comovo de vereda
As cordas fossem de seda
E essas marcas de brilhante
Para saudar neste instante
A patrona dona Ieda.

Mas devo chegar ao fim
Porque outros devem cantar
Eu devo de terminar
Foi Deus que me fez assim
Eu não saio como vim
Não meto a mão em cambuca
Porque a emoção me cutuca
Mas encontrei poucos nomes
Que empardem com José Gomes
Filho do velho Pituca.

Alvorada de outubro

Mais um final de semana
Sempre rodeando um fogão
Esteio de tradição
Da velha terra pampeana
De pelegão e badana
Hoje saio a gauderiar
Nem sei onde vou parar
Deixo que o destino mande
Porque dentro do Rio Grande
Mateio em qualquer lugar.

Parece até uma constante
Na vida dos andarilhos
Que dormiram nos lombilhos
Deste pago verdejante
Ir de quadrante em quadrante
Tropeando de ronda em ronda
Dizem que a terra é redonda
Mas quem canta como eu canto
Sempre há de encontrar um canto
Onde uma rima se esconda.

E o meu pensamento sai
Ao tranco enquanto mateio
O pingo atirando o freio
Assoviando um la-ra-rai
Só Deus sabe pra onde vai
Mas olhando o fogão rubro
Eu de vereda descubro
Pois sofro das mesmas ânsias
Saiu a mamar distâncias
Nessa alvorada de outubro.

O longe fica mais perto
E o pasto do campo em flor
São flecos do tirador
Que Deus, gaúcho por certo
Arrasta no campo aberto
Que esverdeado se desmancha
O sol se alteia e se plancha
De lombo duro e sestroso
E o índio arrepia o toso
E fica pedindo cancha.

Primavera, até criança
Fica de pelo arrepiado
Matungo vira aporreado
E vai pateando na trança
Até mesmo vaca mansa
Pega a reinar desde cedo
Isso quanto ao bicharedo
Imagine quanto a gente
Há uma brasa diferente
Nos olhos do chinaredo.

Na madrugada campeira
O fogão nos entrelaça
E eu contemplo a fumaça
Nessa quincha galponeira
Cada fiapo é uma bandeira
Deste galpão de xiru
E vejo o picumã cru
Das taquaras do girau
Ondulando a meio pau
Porque morreu Santo Açu.

Tronco das velhas raízes
Do Alegrete legendário
Pois Santo Açu um legionário
Dos mais firmes matizes
Guardião das xucras matrizes
Deste garrão de hemisfério
Alma maior que o império
Ao lado de Osvaldo Aranha
Foi médico de campanha
Iluminado magistério.

Muito mais que condolências
Do Brasil Grande do Sul
Bombeamos para o azul
Início de outras querências
E balbuciando excelências
Vamos rezando em voz alta
Desejar o que nos falta
Do grande que foi embora
Vultos assim não se chora
A pátria mãe os exalta.

Dois argentinos e dois missioneiros

E aqui estão dois argentinos
Nós somos dois brasileiros
Nós somos dois missioneiros
Índios dos lombos brasinos
Que acolheraram destinos
Com alma e com coração
Com alma e com emoção
Como tropas de vanguarda
Pra ficar na salvaguarda
De pátria e de tradição.

Lá na ponta está o Palermo
Compositor, guitarrista
Se nota à primeira vista
Que um índio cria do ermo
É talento que não tem termo
No seu bordonear tranquilo
Se nota no seu estilo
E nas notas falquejadas
O choro das madrugadas
Nas serenatas do grilo.

O outro hermano, o Raulito
Barboza, é um buenairense
Que vem ao chão rio-grandense
Ao nosso pago bendito
É um pedaço de infinito
Que o infinito dimensiona
Que enternece e que emociona
Porque as teclas corcoveiam
Quando os seus dedos passeiam
Nas virilhas da cordeona.

Payador, pampa e guitarra
O Noel disse, eu repito
Três ecos de um mesmo grito
Onde a retina se amarra
Payador, pampa e guitarra
Flecos de pátria e poesia
Terra, tempo e melodia
Alma de um no corpo de outro
Botas de garrão de potro
Da lonca da geografia.

Payador é o que vos canta
A pampa é o campo que aparece
E a terra que permanece
Porque a terra se levanta
E essa guitarra que encanta
Essa parceira que amarra
Essa calhandra e cigarra
Com místicas melodias
É a voz das pampas bravias
Que batizaram guitarra.

O outro sentado é um parceiro
Crioulo da Bossoroca
Do índio xucro e da chinoca
Que vale mais que dinheiro
Cantador e guitarreiro
Das barrancas do Uruguai
Trouxe uma herança do pai
Que era um gaúcho maleva
Que com jeito a gente leva
À força morre e não vai.

Bagé

Canto justamente aqui
Nesta querência baguala
Que em cada marco nos fala
De charrua e guarani
O Rio Grande onde eu nasci
O velho pago viril
Bagé, este xucro canzil
Este cerno de espinilho
Que dormia no lombilho
Pra que existisse Brasil.

Porque hoje há outros rumores
Porque hoje os tempos são outros
Em vez dos berros de potros
Hoje há berros de tratores
Hoje há roncos de motores
O arroz, ao invés de aguapés
Trigo, em vez de santa-fés
Por onde o minuano passa
E hoje os sinais de fumaça
É o fumo das chaminés.

E hoje o Bagé amadurece
Num tranco firme e seguro
Hoje o Bagé do futuro
Que no porvir resplandece
Onde o índio permanece
Mas não entra na vertigem
Esse os maus ventos o afligem
Se volta pra tradição
Se volta de volta ao chão
Que é o altar da nossa origem.

Patrícios, neste momento
Nós não estamos a sós
Notais que me falta voz
Mas não falta pensamento
Mas não falta sentimento
Nesta noite inda guria
Inda há um pouquinho eu ouvia
Alguém presente afirmar
Viemos aqui pra dançar
E não ouvir poesia.

Mais um sábado que vai
E se abre pedindo cancha
Um sábado que se prancha
Mas a emoção não nos trai
Sob o galpão que não cai
E permanece de pé
Coberto de santa-fé
Escorado na magia
Na beleza e simpatia
Deste povo de Bagé.

Sei que o povo me perdoa
Eu sei que serei perdoado
O tanto desafinado
Enquanto a milonga soa
Sei por que esta gente é boa
Porque compreende a ocasião
E entende a mi'a rouquidão
E entende o gaúcho que canta
Mas se me falta garganta
Eu canto com o coração.

E não renego o passado
Porque o passado é o porvir
E nada pode existir
Sem estar enraizado
Bagé velho umbu plantado
Com desassombro e com fé
Eu te evoco ao ver de pé
Na verdejante planura
A impressionante figura
Do índio taura Ibagé.

Grande é o significado
Da mulher em nossa vida
Que nesta terra querida
Do Rio Grande abarbarado
Eu, um gaúcho axucrado
Quis saudar com enlevo
E a esta tarefa me atrevo
Pobre cantor rio-grandense
Saudando a mulher bageense
Mais linda que a flor de trevo.

Sou muito grato a essa palma
Que refresca o coração
Ela acalma a pulsação
Se ela não estava calma
Ela enche a minha alma
Da velha estirpe toruna
Do índio que só tem fortuna
Nas noites de lua cheia
Quando o vento guitarreia
Entre os pastos da laguna.

Com certeza o velho Tata
Quem mais iria fazê-lo?
Foi buscar para modelo
Que enternece e que arrebata
Num santuário de ouro e prata
De alguma deusa charrua
O encanto da xirua
Da bageense essa beleza
E a suave delicadeza
Que a noite roubou da lua.

Chinoquita, tu resumes
Nessa beleza sem véu
Toda a beleza do céu
Que o céu bombeia com ciúmes
E a essência de mil perfumes
Das flores do campo aberto
Que a gente nem sabe ao certo
Quando te encontra sorrindo
Se é a lua que vem saindo
Ou é o dia que já vem perto.

E como eu sou um andarilho
Chego ao final da payada
Porque vou seguir a estrada
Seguindo ao longe o meu trilho
Levo a mão sobre o lombilho
Vivendo como eu vivi
Tenho andado por aí
Nesta pampa redomona
Mas se não tivesse dona
Ficava arranchado aqui.

Bagé II

Isto é água tão somente
Não vão pensar que é cachaça
E nem que eu faça essa graça
Na frente de tanta gente
Isto é muito bom pra mente
Isto serve pra clarear
Y a mí me gusta tomar
Pues mujeres y botellas
Son las dos cosas más bellas
Que Dios ha podido crear.

É o payador que retorna
Já com casa iluminada
Dentro da noite encantada
E que ao voltar se abichorna
E até mesmo se transtorna
Porque voltando ele encerra
Porque voltando ele enterra
Músicas e melodias
As vibrações e as poesias
Que brotam da própria terra.

Eu venho de lá da história
Eu venho de muito longe
De lá de onde o índio e o monge
Traçaram a trajetória
E nesta noite de glória
Com a garrafa na mão
E fogo no coração
Depois de uma ausência grande
Pra este galpão do Rio Grande
Que é o Ginásio Militão.

Payada é contraindicada
Até nem era preciso
Tudo é feito de improviso
Nesta noite iluminada
E se eu faço uma payada
A própria noite se cala
As chinas perdem a fala
Com as orelhas trocando
E vêm choramingando
Fazer carícias no pala.

Perdoem, não há malícia
Nessa minha afirmativa
É uma carícia afetiva
Da bageense patrícia
Porque apenas acaricia
A alma do payador
Ao andarengo cantor
Do velho Rio Grande antigo
Que leva Bagé consigo
Em qualquer parte onde for.

Porque quem toma um amargo
Nesta gloriosa querência
E priva com a convivência
Deste povo imenso e largo
Fica com o sagrado encargo
De retornar pela trilha
Pois quem aqui desencilha
Neste rincão abençoado
Já fica considerado
Como gente da família.

Bagé velho, eu te saúdo
Bagé velho, eu te agradeço
O carinho e o apreço
Deste povo macanudo
Deste povo topetudo
Desta querência querida
Da terra que foi parida
No garrão do continente
E onde ficou pra semente
O índio aspa-torcida.

Aqui por duzentos anos
Ergueram acampamentos
Gaudérios sem regimentos
Índios, maulas e vaqueanos
Charruas e castelhanos
Com vinchas e boleadeiras
Lanças de viejas tijeras
Onde gauchos e gaúchos
Escreviam os debuxos
Desta gloriosa fronteira.

Teu filho, Bagé, é legenda
Porque é um pedaço da história
Na difícil trajetória
Que rasgou a primeira senda
E o que dizer da tua prenda
Misto de terra e charrua
Da encantadora xirua
Recém-lavada na sanga
Com lábios cor de pitanga
E corpo bosqueado de lua.

Parece que é Teiniaguá
Matriz da mulher campeira
Transformou-se em feiticeira
E se cambiou para cá
Para o Bagé do Aceguá
E hoje nós podemos vê-la
E nunca mais esquecê-la
Nem de longe nem de perto
Porque não se sabe ao certo
Se é mulher ou é uma estrela.

Porém se eu canto a beleza
Da china, a flor do rincão
Eu também canto este chão
E a força da natureza
Eu também canto a xucreza
Da tua indiada teatina
Que traz pátria na retina
Num anseio de amplidão
O pago no coração
E massarocas na crina.

Mas faço em meu verso tosco
Un saludo a mis hermanos
Que son gauchos campechanos
Que están mateando conosco
São índios de lombo osco
Igual aos do tempo antigo
Que a gente hablando consigo
Na mesma língua trançada
Vê logo pela mirada
Quando um amigo é um amigo.

Hermanos gaúchos, ao vê-los
Evoco muitas passagens
Velhas cruzadas selvagens
De lutas e de atropelos
De rodeios e sinuelos
Da pampa que nos nivela
Nessa bárbara aquarela
Da pampa verde-esperança
Onde com pingo e com lança
Fizemos pátria com ela.

Ao meu amigo Altair
Que me dedicou o seu verso
Seu poema que é um universo
De passado e de porvir
Eu gosto muito de ouvir
Versos que falam do pago
Eu também sou índio vago
Que guardo o fogão aceso
E nunca me curvo ao peso
Das amarguras que trago.

Antes de me retirar
Antes do agradecimento
Que faço neste momento
Neste Bagé que é o meu lar
Neste Bagé secular
Neste bendito rincão
Com alma e com emoção
Nos mandamos campo fora
Nosso corpo vai embora
Mas fica aqui o coração.

Manancial

Falaram que está na hora
E eu acho que está atrasado
Eu porém sendo soldado
Mesmo de bota e espora
Sou sempre o aqui e agora
Sou sempre a terra e a fé
Sou sempre um grito Sepé
Vibrando na noite calma
Mas sou pequeno ante a alma
Deste povo de Bagé.

Largo no chão o meu pala
Não tem nada de desprezo
E nem tampouco é pelo peso
É que minh'alma baguala
Nesta hora se avassala
A esse ambiente fraternal
Na pampa continental
No chão que me viu nascer
Porque eu também vim beber
No primeiro Manancial.

Perdoem se eu bebo um trago
Pelo bico da garrafa
Mas é problema da estafa
Eu venho mei aguachado
Índio mal-acostumado
De cruzar pelo caminho
Mas eu falo com carinho
Com toda a minha confiança
Não recomendo à criança
Nem tampouco a passarinho.

Mas que lindo um festival
Que lindo um congraçamento
A vertente, o nascimento
Pulando dum Manancial
Na alma de cada qual
Nesta terra de largura
Nesta terra de cultura
Nesta terra de querência
Com séculos de vivência
Com milênios de ternura.

Eu não li o vosso manual
Porque cheguei agorinha
E a guitarra do Caminha
É um verdejo espiritual
Muito mais que musical
Pra alma do índio rude
Cuja riqueza é a saúde
Cuja riqueza é o carinho
Querendo indicar caminho
Pra toda essa juventude.

Pra o Washington e a Cristina
Da velha banda oriental
Meu abraço fraternal
Nesta noitada ilumina
Na noite continentina
Do cenário americano
Deus bendisse o céu pampeano
O chão dos meus ancestrais
Mas fez muito e muito mais
Criando a palavra *hermano*.

Falar assim de improviso
Pra o gaúcho que improvisa
De muito pouco precisa
E eu tampouco preciso
Gosto do chão onde piso
Eu adoro esta cidade
De antes e da atualidade
Da velha pampa amarela
Que a Sunab não tabela
A vossa hospitalidade.

E se eu cheguei atrasado
Talvez não foi culpa minha
Porque o índio que caminha
Num calor abarbarado
E depois meio pesado
Judiado dos elementos
Não concorda com os aumentos
Em nossos pagos nativos
Que no momento estes vivos
Já chamam de alinhamentos.

Então eu enternecido
Mesmo por ser emotivo
Eu um payador nativo
Do velho pago querido
Eu índio que fui nascido
Lá bem em riba da linha
Com a guitarra do Caminha
Digo em bem alta voz
Eu digo pra todos vós
De que a mim ninguém alinha.

Falam dos bois da invernada
Agora como depois
Querem confiscar os bois
Que não têm culpa de nada
É no fundo palhaçada
Que chega a sair faísca
Mas a minha alma arisca
Que tem mundo e universo
Tem um Manancial de verso
Que o governo não confisca.

E caso eu for confiscado
Debaixo aqui deste templo
Quero ficar como exemplo
Pra o velho solo sagrado
Pra este chão mal domado
De índios de todo o pelo
Já juntei muito sinuelo
E essas mãos cheias de calo
Tanto arrocinam cavalo
Como alisam um cabelo.

Bueno, sucesso moçada
E que o sucesso não fuja
Amigo Chico Azambuja
É uma noite consagrada
É uma noite apaixonada
Do pampa continental
Que desça a luz celestial
O payador se atrapalha
Que não aconteça falha
No primeiro Manancial.

Então fica o arremate
Porque amanhã estou aqui
Neste pago onde vivi
Xiru tomador de mate
Criado para o combate
Criado para o amor
Criado para o calor
Do pago velho campeiro
Aplaudam o guitarreiro
E vaiem o payador.

Pátrios ensinamentos

Mais outra vez arremato
A trança de outra semana
Junto à guitarra pampeana
E ao fogo de lenha de mato
Com braseiro maragato
Fumaça branca chimanga
A velha cuia polianga
Da vivência galponeira
Erva boa da palmeira
E água trazida da sanga.

É o velho ritual nativo
Dos andejos campechanos
Que perdura tantos anos
No estilo primitivo
Ao pé do fogão votivo
Com sopro dos quatro ventos
Vivo em todos os momentos
As velhas capitanias
E a primeira academia
Dos pátrios ensinamentos.

Pois foi ao pé do fogão
Do Rio Grande legendário
Que este chão sem donatário
Tomou consciência de chão
E aos golpes de chimarrão
O filósofo gaudério
Disse aos grandes do império
Para que escutassem bem
Que aqui havia Brasil também
Neste garrão de hemisfério.

E ao longo das trajetórias
Que traçaram o perfil
Da pátria grande Brasil
Em jornadas meritórias
No decorrer das histórias
Gloriosas de nossa gente
No centauro independente
Mescla de índio e redomão
Levantou deste fogão
Pra encarar o sol de frente.

Hoje, os séculos passados
Os tempos novos são outros
Os índios mistos de potros
Já meio civilizados
Eu não diria domados
Mas afeitos ao presente
Mas olhando atentamente
O grande palco patrício
É que guardamos o vício
De heresia permanente.

Não é fiscalização
Mas guasca não fiscaliza
A gente confraterniza
Com amor e coração
Mas contempla esta nação
Numa espécie de ansiedade
Porque nesta imensidade
Do Rio Grande onde crescemos
Só uma coisa não sabemos
Viver sem liberdade.

Aquele instinto de espaço
Que vem do sangue da gente
Faz da alma um continente
Sem limites, trago a trago
O pingo, a lança, o laço
Sabemos: foram proscritos
E lá bem no fundo os ritos
Que velhas baldas se aninham
E os andarengos caminham
À procura do infinito.

Por isso pode um cantor
Em pleno século vinte
Dizer ao amigo ouvinte
Sempre bom entendedor
Que com paciência e amor
Pode até aceitar carona
E os carinhos de uma dona
Que nos encanta e nos toma
Mas à força ninguém doma
Nossa alma chimarrona.

Desassossego do gaúcho

E o Brasil grande que cresce
De hora em hora, dia a dia
Meu Brasil grande, bom dia
Na rodilha de uma prece
Outro sábado amanhece
Junto a este fogão votivo
Há um murmúrio evocativo
Que revive eras remotas
No balanceio das notas
Do nosso canto nativo.

Enquanto a manhã se acorda
Em pampeana liturgia
No final da romaria
Setenta e sete transborda
Num tiro de toda a corda
Em busca de nova aurora
Que se perde campo afora
Deixando pela amplidão
Gosto de pátria e fogão
Numa cordeona que chora.

Senhores, é o payador
Cantor de solo e legenda
Que recua a velha tenda
Do andejo campeador
São versos do tempo flor
Do mote que principio
Sem pistas não enuncio
O que não é necessário
Porque pátria é só o temário
Dos versos que balbucio.

As preces que já existiam
Quando o primeiro charrua
Ouviu nesta pampa nua
Onde os minuanos corriam
As mesmas que hoje irradiam
No sol a sol do meu verso
Gravando enquanto converso
Todos aqueles eflúvios
De santos que são dilúvios
Pra alagar o meu universo.

Eu venho daqueles troncos
Enraizados na terra
Restos de paz e de guerra
Dos entreveiros mais broncos
E fui criado entre os roncos
De mate e de ventania
Nessa xucra romaria
De cantor meio pagão
Eu sempre tive a impressão
Que o mundo me pertencia.

Porque na estrada comprida
Que nós todos percorremos
Nunca nos arrependemos
Desta estrada percorrida
E dedicamos a vida
Sempre olhando o sol de frente
Com passado e com presente
E o futuro, esta opção
Um ponto de exclamação
Na taipa do continente.

Dói esse desassossego
Do gaúcho, as rebeldias
Mamadas nas geografias
Dormindo sobre um pelego
Daí esse bárbaro apego
Às andanças e aos cavalos
Às boleadeiras e aos pealos
Às chinas e às serenatas
E essas reações imediatas
Se alguém nos pisa nos calos.

Nós não somos reacionários
Da evolução que caminha
Mas de faca na bainha
Somos sempre voluntários
Contra qualquer arbitrário
Da opressão e ao desmande
Venha um patrão que nos mande
Isto nós aceitaremos
Porém não permitiremos
Que se achincalhe o Rio Grande.

A tudo que vem de fora
Neste mundo conturbado
De vereda registrado
E sempre feito na hora
Como essa coisa de agora
Da mais completa hediondez
Rádios, jornais e tevês
O dia inteiro anunciando
Esse negócio nefando
Do comércio de bebês.

Não bebês de porcelana
E de matéria plástica ou pano
Mas bebês de sangue humano
E bebês de carne humana
É uma indústria insana
Da forma mais indecente
Xô-égua que é deprimente
Em vidas predestinadas
Os pastores e as manadas
Tirando crias de gente.

Rio Grande não foi criança
Isto está claro na história
Porque a sua trajetória
A casco e ponta de lança
Mas ficou para nós a herança
De gaúcho e brasileiro
Esse apanágio campeiro
Tradições e fidalguia
Mas não são pra fantasia
Nem se vendem a dinheiro.

Taí, portanto, as vestais
Que se arvoram em maestros
E elevam os próprios estros
Com ares universais
Isso não adianta mais
No lombo das sesmarias
Que faz com a poesia
Com universo e cultura
Que tem a rude ternura
Da vaca lambendo a cria.

Gravem num couro de rãs
Na orquestra dos banhadais
E as tonadas musicais
Com concertos de tarrás
Sobre a taipa das manhãs
Quando a boieira se esconde
E depois me mostrem onde
Esconde o ninho o téu-téu
Que grita embaixo do céu
E o próprio eco responde.

Conhecer os alfarrábios
Eu sei que é bom não discuto
Mas mesmo o índio mais bruto
Guarda a sentença de sábio
Que sabe apertar os lábios
Quando o patrício se alegra
A exceção confirma a regra
E o átomo se fraciona
A nossa alma chimarrona
Essa ninguém desintegra.

Que a arte é transformação
Conforme eu li no artigo
O método do tempo antigo
Merece postergação
Quando hoje qualquer borrão
Ou gravura de um insano
Em mármore, barro ou pano
Pode abolir do ensino
A rembranha pelo fino
Da Vinci, El Greco e Cristiano.

Payador dos fogões

Mas sinto que eu não perdi
Aquela barbárie crua
Mista de gringo e charrua
De minuano e guarani
Índio que ficou aqui
À trompada e a manotaço
À boleadeira e a lançaço
E à força de mocotó
Fazendo uma pátria só
De não sei quantos pedaços.

De volta o cantor nativo
Pra rematar a semana
Na milonguita pampeana
Cujo sabor primitivo
Permanece sempre vivo
Eterno na sua essência
Na rústica reverência
Do payador dos fogões
Tartamudeando orações
Ante o altar da querência.

Cada sábado que passa
No Rio Grande velho potro
Já vem anunciando outro
Entre a brasa e a fumaça
De onde o Brasil Grande abraça
Os irmãos do mundo inteiro
Do velho solo campeiro
De Osório e de São Sepé
Onde o guasca fincou pé
Pra continuar brasileiro.

Aqui não há preconceito
De cor ou de religião
Porque o mate chimarrão
Desde o dia em que foi feito
Traduz legenda e respeito
Amizade, altaneria
Gauchismo, fidalguia
Alma aberta e patriotismo
Quanto a qualquer extremismo
Por aqui não pega cria.

Por destinação da história
Os axucrados andejos
Que fizeram os falquejos
Da etapa demarcatória
Homens cuja trajetória
Está aberta a quem indague
Caso a evolução esmague
Esta pátria onde nascemos
As legendas que escrevemos
Não há borracha que apague.

Saludo a los hermanos
Do Rio Grande tapejara
Que o Uruguai não separa
Nem separam meridianos
Hermanos americanos
Destas duas invernadas
E sentando as bordoneadas
Da guitarra extraordinária
Da guitarra legendária
Continuam irmanadas.

A mi amigo Justino
A su patrona e seu filho
No meu verso andarilho
De gaucho y campesino
Irmão gêmeo do destino
De tradición y frontera
Una homenaje campera
Hermanado en los fogones
A la tierra de Misiones
Onde sempre é primavera.

Chimarrão, tomo mais um
Um mate recém-cevado
No Rio Grande consagrado
No velho estilo comum
Enquanto escuto o zum-zum
Das galinhas no terreiro
No clarão de fevereiro
Mesmo não sendo bissexto
Nos leva pelo cabresto
Que nem burro de quileiro.

É o chimarrão habitual
No altar do continente
O sábado é diferente
Porém é o mesmo ritual
O chimarrão semanal
Depois que se rompe a aurora
E que a noite vai embora
Neste clarão de braseiro
Eu vou rastreando um janeiro
Que se extraviou campo afora.

Bendito seja este encargo
Do payador dos fogões
Entreverando canções
Com tragos de mate amargo
Do livro grande não largo
Porque a ideia não falha
O tempo não me atrapalha
A lo menos até aqui
Sou sempre o mesmo guri
E já contei uma talha.

É fácil de percorrer
A estrada se é vaqueano
Contando ano após ano
Na estrada do bem-querer
O triste deve de ser
Quando ao final da tropeada
O índio da pá virada
Volta na terra batida
E vê que ao longo da vida
Viveu a troca de nada.

Isso não se aplica a mim
Engolidor de distâncias
Que venho trançando ânsias
Na velha pampa sem fim
Payador como eu que vim
Cantando desde piazinho
Amor, saudade e carinho
Posso rever no meu trilho
Árvore, arbusto, espinilho
Que plantei pelo caminho.

Eu ouvi a mensagem do Papa
Diretamente de Roma
O payador se emociona
Aqui na terra farrapa
Reverente se destapa
Ante Sua Santidade
Falou pausado, é verdade
Mas deu para entender bem
Desde o começo ao amém
Falando em fraternidade.

"Merece ter agasalho"
Alocuções como esta
Do Rio Grande que se presta
À justiça e ao trabalho
E da memória me valho
Nesta hora emocional
A mensagem pastoral
De loucura em cada um
Trabalho, a meta comum
A justiça, a estrada real.

Mas porém nesta semana
Felizmente já é passado
Que teve o país parado
Do norte à terra pampeana
Numa parada profana
Da fúria carnavalesca
Mas minh'alma gauchesca
Que no pago se recosta
Pode morrer mas não gosta
Dessa folia momesca.

Aqui termino o relato
De payador missioneiro
Deste poema campeiro
Apenas um outro ato
Depois fico qual um gato
Nesta roda de fogão
Glênio, velho meu irmão
Do velho solo patrício
Quanto é sagrado este vício
Que chamam de chimarrão.

Outro sábado

Outro sábado, que lindo
Neste galpão que aconchega
É a primavera que chega
Flores no pampa se abrindo
Tudo verde e reluzindo
No lombo dos descampados
Os pássaros emplumados
Na guajuvira da frente
Como que mostrando a gente
Os bicos recém-pintados.

Quadro lindo! Que perfume
Do silêncio dos varzedos
Que brotam nos arvoredos
O payador se resume
Quando devora perfumes
Da alma de um índio rude
Que vê as garças nos açudes
Entre os aguapés e flores
Lembrando velhos amores
Trazidos da juventude.

Chega a dar uma coceira
Nas juntas do payador
Vendo grinaldas em flor
No tronco da laranjeira
Ouve um berro na mangueira
Duma tambeira brasina
E o cruzar de relancina
Dum redomão retoçando
E da eguada relinchando
Com maçarocas na crina.

Parece até um quadro vivo
Da pampa verde-amarela
Escrita numa aquarela
Do Rio Grande primitivo
Mas é o setembro nativo
Que da flor usa e abusa
E até chinoca que cruza
Parece que faz as tranças
Rustindo nas duas lanças
Apontando sobre a musa.

Tu sabe que neste galpão
Simbólico em que mateamos
Nós os gaúchos trançamos
Com a trança da tradição
Neste altar do chimarrão
Erguido na imensidade
Pois foi berço na verdade
Da nossa pátria legenda
Porque foi esta vivenda
Que pariu a liberdade.

E eu disse até no final
Desde o primeiro estágio
O guasca teve o apanágio
Da pampa meridional
Libertária e liberal
Na velha pampa aporreada
Sem abrir mão nem por nada
Da nossa brasilidade
Nem da nossa liberdade
Ou da iniciativa privada.

Olhando esse transfogueiro
De cerne de guajuvira
Que para nós é uma pira
Do velho ritual campeiro
Vendo cada companheiro
Já de cavalo encilhado
Eu me paro emocionado
Para um dia de combate
Pois o dia é o mesmo que o mate
Tem que ser bem principiado.

O homem não se contenta
Jamais com aquilo que tem
E pega por mal ou bem
Mata, assassina, violenta
E sempre contra-argumenta
Com este ou aquele motivo
Cada vez mais primitivo
Rasgando o próprio caminho
Porque a mulher do vizinho
Sempre tem mais atrativo.

E foi com essa iniciativa
Que a nossa indiada farrapa
Falquejou esse santo mapa
Da pátria federativa
Sem alvará ou negativa
Por estes como fiscais
E a trompaço de baguais
Com lanças e boleadeiras
Empurramos as fronteiras
Para garantir aos demais.

Mas, Flávio, há dois missioneiros
Presentes no teu espaço
São tentos do mesmo laço
Brasas do mesmo braseiro
Chispas do mesmo luzeiro
Que aonde um vai, outro vai
Nem uma mágoa os contrai
Nem desencanto e nem mágoa
Porque os dois beberam água
Nos remansos do Uruguai.

Xô-égua, quanta saudade
Quando eu evoco este rio
Que a geografia pariu
No seio da liberdade
Este Uruguai de verdade
É um mar doce que escapa
Dentro da terra farrapa
E na gauchesca fé
É o lunar de São Sepé
Na testa do nosso mapa.

Chia a cambona de lata
E eu encho mais um amargo
Depois a cantar me largo
E a inspiração me arrebata
E eu não condeno quem mata
Quando o faz sem crueldade
Esse o faz por necessidade
Como fez a nossa gente
Cara a cara, frente a frente
Peleando por liberdade.

Eu sei que o assunto é pesado
É coisa que eu reconheço
Mas, meus amigos, é o preço
Do mundo civilizado
Eu prefiro um descampado
Com geada, com chuva em manga
Com fragrâncias de pitanga
Que água na boca provoca
E o perfume da chinoca
Recém-banhada na sanga.

A gente aprende do pai
Ou então de mais alguém
Quando vai, vai por bem
Ou então morre e não vai
E não tem de la-ra-rai
Que a um gaúcho ninguém dobra
Conhece qualquer manobra
E não aceita palpite
E nem tampouco convite
Pra entrar em baile de cobra.

Saudade sem saudosismo
De quem só fala em passado
Mas algo muito sagrado
Que trazemos de batismo
A força do atavismo
Com olhos de ver no escuro
De levar o tranco seguro
Que prosseguindo se avança
Pois quem só fala em lembrança
Se extravia no futuro.

Mas como existe aqui gente
No Brasil Grande do Sul
Pátria emponchada de azul
No altar do continente
João Vargas, como te sente
Bombeando pra esse fogão?
Véspera de marcação
De casório ou batizado
Ou de algum vulto esperado
No baldrame do galpão.

Resenha da semana

À beirada do fogão
E uma guitarra pampeana
A resenha da semana
A pátria e a tradição
A sagrada comunhão
Que enternece e que arrebata
Uma cambona de lata
O mate de trago longo
E a cuia flor de porongo
Com bomba feita de prata.

Aí foi o mate parceiro
Nós sabemos que esta frase
Nasceu ao nascer da fase
Do velho pago campeiro
Do gaúcho galponeiro
Na imensidão do sem-fim
Do mar de pasto e capim
Bombeando o horizonte largo
Bochechando o mate amargo
Pra que a pátria seja assim.

Símbolo de um território
A velha infusão se alarga
Fica ainda mais amarga
No rancho e no escritório
Na marcação, no casório
Batizado e casamento
Como aqui neste momento
Num estúdio de emissora
A força propagadora
De pátria e congraçamento.

Mas sábado os curandeiros
Da turma de trinta e sete
Se entropilharam num brete
Para evocar os janeiros
Os noventa companheiros
Em fraterna convivência
Porque os maestros da ciência
Que a medicina percorrem
São como os poetas, não morrem
Não houve nenhuma ausência.

Estava lá o Elizeu
Estava o Alci Palmeiro
Cada qual um curandeiro
O Azambuja apareceu
O Mariano compareceu
Toda uma equipe de astros
De cataplasmas, emplastros
De bexiga e coração
De barriga e de pulmão
E viradores de rastros.

Balbino e Rubens Maciel
Junto ao Dr. Azambuja
Talvez até a morte fuja
Porque eles não dão quartel
E completando o painel
Dessa grande confraria
Por ali também se via
O velho Bruno genial
Que nasceu num vassoural
Perto de Santa Maria.

Peão, patrão e capataz
O general e o soldado
Curvaram-se ao calor sagrado
Desse cachimbo da paz
Chimarroneando no mas
Na catedral das coxilhas
Porque as almas andarilhas
Já conhecem o contexto
A vida é como o cabresto
Sempre tem duas presilhas.

Vida e morte, morte e vida
Se resume nisso tudo
Com estudo ou sem estudo
É a mesma estrada comprida
E a humanidade sofrida
Em torno delas gravita
Caminha, sofre, se agita
Pra permanecer de pé
E nunca perder a fé
Nas coisas em que acredita.

As frases convencionais
Que se diz ano pra ano
Saem da boca do humano
Já ninguém aguenta mais
Dizendo Feliz Natais
Com essas palavras roucas
São simples palavras loucas
São apenas convenções
Se não há correlações
Entre as almas e entre as bocas.

Negro da Gaita

Confesso, eu também entrei
Mas nem por isso se morre
Só não perde quem não corre
Ainda mais na buena lei
Mas a lo largo gostei
E que assim tivesse sido
De que tivesse vencido
Com imponência de taita
Aquele Negro da Gaita
Ganhou de rebenque erguido.

Negro de alma singela
Da velha pampa baguala
Negro que a todos iguala
Na pátria verde-amarela
A pampa a todos nivela
E não fere o cidadão
Como um sopro de amplidão
Que os preconceitos abole
Ainda mais abrindo o fole
De uma gaita de botão.

E a velha gaita aporreada
Dos comércios de carreira
Gaita de duas ilheiras
Oito baixos, voz trocada
Pra muitos, parece nada
Mas pra nós porém é tudo
E os dedos de aço e veludo
Que nos botões corcoveiam
São os mesmos que golpeiam
O queixo de um colmilhudo.

Não sei o que conversaram
Depois de quatro decênios
Mas sendo médicos, gênios
Com certeza eles falaram
Das mil vidas que salvaram
Improvisando o destino
Sorriso clarão menino
Do meu amigo Balbino
Estampa de galo fino
Com aquela cara de gringo.

São coisas da biologia
Eu, payador, não entendo
Eu, tropeiro, não compreendo
Na minha filosofia
Essa força da etnia
A vida é mesmo um bochincho
Como é que o índio cochincho
Parido em rancho barreado
Saiu de rosto pintado
Que nem ovo de pelincho.

Mas porém a carreirada
Da Califórnia, que lindo
Ainda está se discutindo
Ainda está muito calada
E muito contraditada
Se diz daquela carreira
Que aconteceu na fronteira
Do nosso torrão pampeano
Onde entraram pelo cano
Pingos de capa e biqueira.

Andarilha dos galpões
Da pampa verde-esmeralda
Carregada a meia espalda
Mastigando solidões
Baú de recordações
Baú de reminiscências
Vai respingando cadências
Que guarda dentro de si
Que entropilhou por aí
Nos ranchos e nas querências.

Meus parabéns ao Gilberto
E parabéns ao cantor
Que registrou com amor
O negro do campo aberto
E deu um talho por certo
Revogando os preconceitos
Dentro daqueles preceitos
De todos nós conhecidos
São muitos os escolhidos
Mas poucos são os eleitos.

Término

E termino o noticiário
Não sei se me saí bem
E no sábado que vem
Nos ouçam no mesmo horário
Que tenho em meu dicionário
Que o patrão dos elementos
Que fez a gente e os ventos
Para arremate de luxo
Depois que fez o gaúcho
Botou fora os instrumentos.